Anita Albus

# LIEBESBANDE

Erzählungen

Carl Hanser Verlag

1 2 3 4 5 97 96 95 94 93

ISBN 3-446-17402-8

Satz: Fotosatz Reinhard Amann, Aichstetten
Druck und Bindung:
Friedrich Pustet, Regensburg
Printed in Germany

# Liebesbande

»...detail is always welcome.«
Vladimir Nabokov

# 1

Wir kamen aus der Auvergne, der verwunschenen Welt erloschener Tuffvulkane, weiter Schlackenfelder, unabsehbarer Flächen finsteren Heidekrauts und kehrten, noch ganz erfüllt von der glücklichen Entzifferung metallisch glänzender Erdgeschichte, ins Rheintal zurück. Mein Reisebegleiter setzte mich in Freiburg vor meinem Haus ab und verabschiedete sich mit einem Seufzer – auf Eugen Falk wartete am nächsten Tag ein Aktenberg im Referat für Umweltschutz, wo wir als Geologen für Altlasten zuständig waren. Da war nicht die Rede von erstarrten Lavaströmen, von Eisenglimmer, Feldspat, Hornblende, da ging es um verseuchte Böden, um Kohlenwasserstoffe, Schwermetalle, Zyanide, von Chemikern im Labor bestimmt und uns, der *vollziehenden Behörde* zur Beurteilung am Schreibtisch überlassen.

In dem Glauben, noch eine ganze Woche Urlaub vor mir zu haben, stieg ich beschwingt die Treppen hoch, lud meinen Rucksack im Flur ab und machte mich über die Post her, die meine Nachbarin in meiner Abwesenheit auf dem Küchentisch gestapelt hatte. Zwischen den notorischen Grünen mit den Kontoauszügen fand ich drei weiße Kuverts mit der vertrauten Krakelschrift meines Bruders, einer Schrift, die für jeden Fremden so unlesbar war wie eine Geheimschrift, und einen Brief meiner ältesten Schwester aus Paderborn. Ich ahnte nichts Gutes und las zuerst Charlottes Schreiben.

Es war mal wieder soweit. Margarete Ammer wollte ein paar Tage verreisen und eines von uns Kindern mußte sich um den kranken Vater kümmern. Zum erstenmal war die Reihe an mir. Nicht daß ich mich die ganze Zeit gedrückt hätte, aber ich war die einzige von uns sechs, die nicht in Nordrhein-Westfalen geblieben war. In einer Familie Seßhafter war ich die einzige Nomadin, die, nach vielen Reisen in aller Gesteine Länder, schließlich im Breisgau hängengeblieben war.

Ich bin die Jüngste der Bußhardttöchter. Als die Ehe meiner Eltern zusammenbrach, war ich acht Jahre alt, mein Bruder Abel zehn. Mutter teilte uns schluchzend mit, eine andere Frau »habe unseren Vater in ihren Fängen«, eine junge Zahnärztin aus Detmold namens Margarete Ammer. Ich erinnere mich sehr genau an diese *ligne de faille* in unserem Familienleben. Harnisch nennen wir Geologen, was die Reibung Gestein gegen Gestein an der Verwerfungsfläche erzeugt, und geharnischt begegneten sich fortan unsere Eltern. Schon damals fiel mir auf, daß in dem Namen des Scheißweibs, wie wir die Kebse unseres Vaters nannten, der Name unserer Mutter Grete enthalten war. Auch schien sie uns kaum jünger als sie – ob fünfunddreißig oder fünfundvierzig, was sollte das für ein Unterschied sein? Konrad Bußhardt, unser Vater, war ein strenger und jähzorniger Mann, der sich in seinem Geschichtsunterricht am

Gymnasium am liebsten mit den Kreuzzügen befaßte. Die Striemung, die sein Bambusstock auf unseren entblößten Hintern erzeugte, war allen fünf Töchtern ebenso vertraut wie Abel, dem schüchternsten aller Söhne. Unter uns sprachen wir nur vom *Zornigel*. Einen Süßholz raspelnden Vater konnten wir uns beim besten Willen nicht vorstellen. Auch für Grete kam sein Geständnis, daß er eine andere liebe und zu heiraten wünsche, wie ein Blitz aus heiterem Himmel. Zwar schliefen sie schon lange in getrennten Betten – Vater abseits der Wohnung in einem kleinen Raum über der Garage, der wegen seiner gewölbten Decke *Kapelle* genannt wurde –, aber gerade im letzten halben Jahr hatte er sie manchmal regelrecht überfallen und so ungestüm geliebt, daß sie glaubte, endlich wieder den Mann in den Armen zu halten, der er vor ihren sechs Entbindungen gewesen war. Wie konnte sie ahnen, daß eine andere Frau dahintersteckte?

Wir waren zu jung, um zu verstehen, warum Mutter ihn nicht gehen ließ, nicht im ersten furchtbaren Schmerz, und nicht, als die Tränenströme versiegt waren und der Stolze sie auf Knien bat, ihn freizugeben; noch viele Jahre später, als mit seiner Pensionierung die räumliche Trennung vollzogen wurde, weigerte sie sich, in eine Scheidung einzuwilligen. Sie war entschlossen, ihn weiterzulieben. Nicht den Geharnischten, der kein Wort mehr mit ihr sprach, der in der *Kapelle* hauste, jedes Wochenende nach Detmold fuhr und von seiner Liebsten ein Glasfiberköfferchen voll Leckereien mitbrachte, die ihm die Trennung vom Familientisch erleichtern sollten, derselbe, vor dem sie alle Schränke absperrte, wenn sie mit uns verreiste, für den sie nicht mehr als eine Tasse, einen Teller, einen Löffel, eine Gabel und ein Messer übrighatte. Der hingegen, der Nacht für Nacht ihre Träume beherrschte, den sie immer lieben würde, war so wild wie fügsam und gehörte nur ihr.

Uns Kindern blieb der Vater, was er immer gewesen war: ein Wüterich mit Anwandlungen tyrannischer Zärtlichkeit, die uns weit unerträglicher waren als seine Prügel. Als es nach fünfzehn Jahren *Kapelle* endlich soweit war, daß er den Schuldienst quittieren konnte, riß, kaum daß er nach Detmold gezogen war, seine Hauptschlagader. Man setzte ihm eine künstliche Aorta ein, aber er blieb für den Rest seines Lebens ein siecher Mann, während Grete ihn bei bester Gesundheit und aus gebührender Distanz munter weiterliebte. Sie lebte nach wie vor in Paderborn, wie auch meine Schwestern ihrer Heimatstadt treu geblieben waren. Wann war ich das letzte Mal dort gewesen? Nach drei vergeblichen Fahrprüfungen in Freiburg hatten mich meine Geschwister überredet, einen vierten Versuch in Paderborn zu unternehmen. So wurde mir mit sechsunddreißig Jahren endlich der Führerschein ausgestellt, aber die Lust am Autofahren kam mir im selben Augenblick abhanden, in dem ich das graue Faltpapier entgegennahm. Es war eigentlich unnötig, mir den Führerschein einige Stunden später wieder zu entziehen. Ich hatte wirklich nicht vorgehabt, mich jemals ans Steuer zu setzen, aber das war doch kein Grund, die bestandene Prüfung nicht zu begießen! Wenn meine vier Schwestern, alle wendige Chauffeusen, mich mit ihrem albernen Gespött nicht so provoziert hätten, wäre ich bestimmt nicht mitten in der Nacht ins Auto gestiegen, um vor ihren weinseligen Augen mit stotterndem Motor und in die falsche Richtung blinkend um die nächste Ecke zu biegen. Dort stand ein Polizist, dem meine ruckelnde Fahrweise verdächtig vorkam. Er winkte mich an die Bordkante, die eine bremsende Wirkung auf die quietschenden Reifen ausübte, und verlangte den Führerschein.

»Soso, ganz frisch geprüft«, bemerkte er hämisch, »aber da fehlt etwas!« Er deutete auf die Seite mit meinem Foto und reichte mir den Stift, damit ich die fehlende Unterschrift nachtrug. Da mir jedoch der Sinn seiner Rede entgangen war, glaubte ich, es handle sich um das Instrument für einen Alkoholtest, steckte den Stift in den Mund und blies so gut ich konnte. Nach einem wirklichen Alkoholtest auf der Wache setzte ich meinen Namen in meinen Führerschein und war ihn für immer los. Viktoria Bußhardt, schrieb ich so krakelig, wie es meinem Zustand entsprach. Den Doktortitel ließ ich weg – verglichen mit einer Fahrprüfung war eine Promotion in Geologie das reinste Zuckerlecken!

## 2

Abels drei Briefe ließen mich eine Weile vergessen, was mir in Detmold bevorstand. Keiner meiner vier Schwestern fühlte ich mich so eng verbunden wie meinem Bruder. Als Kinder waren wir unzertrennlich und waren es, allen räumlichen Entfernungen zum Trotz, auch nach unserer gemeinsamen Studienzeit geblieben. Wann immer er sich in Köln loseisen konnte, besuchte er mich in Freiburg, und meine Wohnung war von seiner Gegenwart erfüllt, auch wenn er abwesend war, denn alle Gegenstände, von den Möbeln bis zu den Bildern an den Wänden, verdankte ich ihm. Meine Tätigkeit in der Behörde ließ mir kaum Zeit, mich mit Einrichtungsfragen zu beschäftigen. Was lag also näher, als von seinem guten Geschmack zu profitieren und die Dinge, die er bei sich als überflüssig empfand, nach Freiburg zu schaffen. So sprach alles um mich herum von meinem Bruder.

Abel war in vieler Hinsicht das genaue Gegenteil von mir. Mit seinen üppigen sandfarbenen Locken, dem dunkleren Bart, der einen weichen Mund umrahmte, seiner elegant geschwungenen Schnabelnase und den lebhaften braunen Augen war er ein auffallend hübscher Kerl. Er arbeitete als freier Mitarbeiter beim Westdeutschen Rundfunk und war nebenher als Übersetzer tätig. Wiewohl chaotisch und hochgradig nervös, erledigte er seine Arbeit mit wahrem Feuereifer. Sein Schreibtisch sah aus, als habe er einst in großer Hast seinen Papierkorb darauf entleert und nie wieder aufgeräumt. Aber im Gegensatz zu mir, der Pedantischen, die nie findet, was sie sucht, brachte Abel dieses Sammelsurium aus Zeitungen, Magazinen, Manuskripten, Büchern, Zetteln, Karteikarten, Kasetten, Orangenschalen, Schokoladetafeln, Radiergummis, Tesafilmrollen, Filzstiften, Streichhölzern und Zigarettenschachteln selten in Verlegenheit. Wie ein Zauberer ein Kaninchen aus einem Zylinder zieht oder eine Taube aus einem Taschentuch auffliegen läßt, zog er immer das richtige Blatt aus dem Kuddelmuddel hervor, oder vielmehr flog ihm das Gewünschte geradewegs entgegen. Auch war er bekannt für seine glückliche Hand beim Wiederauffinden verschollener Zitate. Als Kind war er ein schüchterner Stotterer gewesen, der sich am liebsten mit einem Buch in einen Winkel des Dachbodens verkroch. Mit neun Jahren las er die *Wahlverwandtschaften*, und er war noch nicht vierzehn, da hatte er die umfangreiche Bibliothek unserer Eltern samt Altem und Neuem Testament bereits verschlungen und las in Ermangelung von neuem Lesestoff seine Lieblingsbücher von Jean Paul zum zweitenmal.

In der Adoleszenz lernte er, das Stottern durch hohe Redegeschwindigkeit zu vermeiden, eine Technik, die er als Erwachsener noch perfektionierte. Allerdings ging das auf Kosten der Verständlichkeit, denn es wurde immer schwieriger, einzelne Worte zu unterscheiden, so daß man sich oft fragte, welche der fünf Sprachen, die er mit großer Leichtigkeit gelernt hatte, er gerade sprach. Wem es gelang, seinem rasenden Redefluß über alle Klippen der Syntax zu folgen, der konnte feststellen, daß sich das Stottern von den Silben auf die Sätze verschoben hatte, die wie abgebrochene Brücken in den Abgrund der gerade in Rede stehenden Begebenheit ragten. Selten wußte man, worauf er hinauswollte. Somit war ihm gelungen, das Unglück des Stotterers, dessen Zuhörer ja immer schon wissen, was er sagen will, lange bevor er es über die Lippen bringt, ins Gegenteil zu verkehren. Dabei redete er gern und viel. Einmal kam er im Tumult der

Frankfurter Buchmesse in eine derartige Rederage, die weder von den Kollegen auf der Heimfahrt unterbrochen werden konnte, noch von seiner Freundin, mit der er sich eine Vierzimmerwohnung teilte, daß er, als er völlig erschöpft ins Bett sank, kein Ende und keinen Schlaf finden konnte. Mit rasendem Herzklopfen lag er allein im dunklen Zimmer, dem eigenen Wortschwall ausgeliefert, den er nicht zu bremsen vermochte, bis ihn der Schlaf so abrupt überwältigte wie eine Ohnmacht.

Gemeinhin aber konnte er, mit einem gewissen Übersprungsgehör, durchaus auch zuhören. Er war mit fünf Schwestern aufgewachsen, und so nimmt es nicht wunder, daß er sich in kralartigem Palaver mit möglichst vielen Frauen am wohlsten fühlte, Frauen, die er wie seinesgleichen behandelte, die Sekretärin wie die Autorin, die Programmdirektorin wie die Volontärin, die betagte Sprecherin und ehemals berühmte Schauspielerin wie das unbekannte junge Mädchen von der Telefonzentrale. Sie alle waren regelmäßig bei ihm zu Gast. Bei seinem letzten Geburtstagsfest sagte ich ihm, wie sonderbar es mir vorkäme, daß all diese Frauen entweder noch nicht oder nicht mehr bemannt waren. Er sah mich irgendwie pikiert an, als wolle er sagen: »Wieso, sie haben doch mich!« Dabei war ich mir sicher, daß er sich niemals auf ein Techtelmechtel mit irgendeiner dieser Frauen einlassen würde.

Bei aller Vertrautheit wußte ich doch wenig über sein Liebesleben, so wenig wie er über das meine. Irgendwie wäre es uns verwerflich vorgekommen, über Gefühle zu reden, wie wir auch jede körperliche Berührung vermieden.

# 3

Ich fuhr mit der Bahn nach Detmold. Der Gedanke, mit meinem Vater allein zu sein, versetzte mich in einen Zustand der Bangigkeit. Während der langen Fahrt kramte ich immer wieder in meinem Gedächtnis nach freundlichen Bildern, aber ein eigentümliches Kribbeln in den Hinterbacken gemahnte mich nur an knotige Bambusabschnitte und peinvolle Versöhnungsrituale, die mit erpressten Entschuldigungen begannen und mit feuchten Küssen endeten. Zu seiner Rechtfertigung hatte er einmal von seinem *väterlichen Zuchtrecht* gesprochen, eine Benennung, die so heftige Schamgefühle in uns wachrief, daß es uns nie in den Sinn gekommen wäre, ihn zu korrigieren. Wir wußten damals noch nicht, was ein Lapsus ist, aber irgendwie ahnten wir wohl die schreckliche Wahrheit, die aus seiner Fehlleistung sprach. Ich hielt mir sein grausames Schicksal vor Augen und das nicht minder grausame Los Margarete Ammers. Letztlich war unsere betrogene Mutter am besten dran. Sie mußte den Kranken weder füttern noch wickeln, ja selbst sein Anblick blieb ihr erspart. Ihre Liebesschimäre würde gewiß noch den Tod des wirklichen Konrad Bußhardt überleben, dachte ich ziemlich verbittert. Da fuhr der Zug auch schon in Detmold ein.

Ich nahm ein Taxi in die Drosselbartstraße am Rande der Stadt. War Margarete Ammer schon eine Vogelnärrin gewesen, bevor sie Vater kennenlernte? Diesmal durfte ich nicht vergessen, sie danach zu fragen. Sie lebte mit Vater und ihren Vögeln in einem

Eigenheim. Das Grundstück hatte sie einst wegen der idyllischen Lage, der Nähe zum Teutoburger Wald gewählt. In wenigen Jahren war jedoch aus dem hohen Laubwald ein Freizeitpark mit Trimmdichpfaden und Fitneßparcours geworden, und rund um ihr Haus waren Eigenheime wie Pilze aus dem Boden geschossen. Die Raffrouleaus, mit denen sie sich vor den Blicken der Nachbarn schützte, wichen bald synthetischen Vorhängen, die vogelgerechter waren, weil ihnen weder der ätzende Kot noch der wöchentliche Kochgang in der Waschmaschine etwas anhaben konnte. Ihre Kanarien-, Kakadu- und Papageienkinder teilten sich die Küche mit einem einbeinigen Star. Und das war nicht alles, was da kreuchte und fleuchte und kakte und krächzte und kreischte und zirpte.

Fräulein Ammer war Mitglied des Vogelschutzbundes, der ihr alle kranken, aus dem Nest gefallenen oder sonstwie verunglückten Vögel zur Pflege brachte. Ob Zaunkönig oder Milan, ob Ziegenmelker oder Schleiereule, es gab kaum einen Vogel, den sie nicht schon betreut hatte. Raubvögel logierten im Keller, kleinere Tiere trug sie mit sich herum. Als sie noch ihre Zahnpraxis in der Innenstadt hatte, erschien sie eines Tages mit einem besonders anhänglichen Mauersegler, der wie eine lebende Brosche an ihrer Brust auf dem weißen Kittel klebte. Das Glas mit den Mehlwürmern stellte sie neben den Behälter mit den Parotisrollen auf den Schwebetisch. In den Pausen, in denen die Patienten verurteilt waren, mit festgeklemmter Zunge und einem Sauggerät zum Abpumpen des Speichels im krampfhaft aufgesperrten

Mund abzuwarten, bis die Füllmasse getrocknet war, konnten sie verfolgen, wie Fräulein Doktor mit einem Zahnstocher eine Made um die andere aus dem wuselnden Knäuel der Würmer pickte und ihrer zirpenden Brosche geschickt in den aufgerissenen Schlund stopfte. Ihre Praxis florierte nichtsdestotrotz oder vielleicht gerade deshalb.

Im ersten Winter ihrer Pensionierung, einem der kältesten seit Jahrzehnten, wurde ihr von der Vogelwarte ein Fischreiher gebracht, der in einem Teich festgefroren war. Man wisse nicht, ob noch Leben in ihm sei, sie solle ihr Glück versuchen. Sie hüllte das lange graue Eisgespenst in Wolldecken und legte es auf die Heizung, aber es rührte sich nicht. Sie bestrahlte es bis zum Abend mit Infrarotlampen – alles vergeblich. Schließlich nahm sie den Vogel, steif wie er war, mit ins Bett, drehte seinen langen Schnabel bettauswärts, damit er sich nicht in ihren Haaren verfing und als sie am nächsten Morgen erwachte, blinzelte er sie aus seinen grauen Augen an.

Sie liebte die Vögel auf eine unsentimentale Weise, freute sich, sie fortfliegen zu sehen, wenn sie genesen waren, und grämte sich nicht, wenn sie starben. Außer den Igeln, die manchmal in ihrem Keller überwinterten, ließen sie andere Tiere ganz gleichgültig. Heranwachsenden Raubvögeln brachte sie geduldig bei, lebende Beute zu fangen. Zu diesem Zweck hielt sie Mäuse aus einem Versuchslabor in einem Käfig. Die Badewanne erwies sich als der einzige Ort, dem die armen Nager nicht entkommen konnten. Selten verstanden die Vögel auf Anhieb, worum es ging, saßen auf dem Rand der Badewanne und verfolgten seelenruhig die verzweifelten Versuche ihrer Beute, die glatte Steilwand zu erklimmen. Dann packte Margarete die Maus, tötete sie durch einen gezielten Schlag am Badewannenrand und warf sie der Eule, dem Falken oder Milan zum Fraß hin. Dieses grausame Spiel wiederholte sie so lange, bis der Vogel selbst zu schlagen lernte.

Da sie wußte, daß ich weder fähig noch willens war, sie als Mäusemörderin zu vertreten, konnte ich sicher sein, daß im Keller schlimmstenfalls ein Igel in einem Kartonhaus auf mich wartete. Margarete begrüßte mich überschwenglich, wies mich jedoch zurück, als ich sie umarmen wollte – ich hatte die junge Kohlmeise übersehen, die unter ihrer Strickjacke zwischen zwei Knöpfen hervorlugte. »Das arme Ding ist aus dem Nest gefallen«, erklärte sie, wobei sie den Mund schnabelartig zuspitzte, eine Angewohnheit, die sie beim Füttern der Vögel angenommen hatte und die ihr nun zur zweiten Natur geworden war. Vater saß im Rollstuhl im Wohnzimmer, ein in sich zusammengesunkenes Häufchen Elend. Die Asymmetrie seiner Augen war seit dem zweiten Schlaganfall noch deutlicher und wurde durch die ungleich herabhängenden Büschel der weißen Brauen noch verstärkt. Die geröteten Lidränder verliehen seinem Blick etwas Brennendes. Sein breiter Mund war ganz eingefallen. Am merkwürdigsten berührte mich, daß seinen einst so männlichen Zügen etwas Feminines anhaftete, als habe die jahrelange Verurteilung zur Passivität ihn zur Greisin gemacht. Er hatte nach dem zweiten Schlaganfall zwar wieder gelernt zu sprechen, aber da er mich nicht beim Namen nannte, war seiner Begrüßung nicht zu entnehmen, ob er mich erkannte.

Margarete erklärte mir, welches Futter für welchen Vogel in welchem der Gläser auf der Küchenfensterbank aufbewahrt war; das Müsli für Vaters Frühstück war auch dabei. Die Dose mit den Fleischwürmern bewahrte sie jetzt im Sommer im Eisschrank auf. Es sah spielend leicht aus, wie sie das Köpfchen der Meise zwischen Daumen und Zeigefinger festhielt und ihr den fetten Wurm mit einer Pinzette in den weitaufgerissenen Schnabel stopfte. »Wenn sie Angst vor dir hat und sperrt, mußt du mit dem Zeigefinger der Hand, die den Kopf hält, nachhelfen«, sagte sie und führte vor, wie sie mit dem Fingernagel gewaltsam den zarten Schnabel des Vogels seitlich auseinanderschob. Um den Igel im Keller bräuchte ich mich nicht zu kümmern, der sei für die zwei Tage mit genügend Futter versorgt. Das Essen für Vater und mich hatte sie vorgekocht und eingefroren. Die Klarsichtbeutel mit dem Hühnerfrikassee und den Maultaschen lagen in friedlicher Frostgemeinschaft neben vollbefiederten Küken in der Tiefkühltruhe. Sie setzte die Meise in ein improvisiertes Nest aus dem abgeschnittenen Ärmel eines alten Pullovers, verabschiedete sich mit der freundlichen Fürsorglichkeit einer Krankenschwester von Vater, der halb wehleidig, halb grimmig dreinblickte, und fuhr mit dem Wagen in Richtung Osnabrück zu ihrem Bruder.

Als erstes besuchte ich den stachligen Gast im Keller. Er war eben aus seinem Karton gekrochen und watete mit der diesen urzeitlichen Wesen eigenen Sturheit mitten durch die Grütze auf dem flachen

Blechteller, ohne etwas davon zu essen. Da rief auch schon Vater nach mir, leicht verzagt, aber deutlich: »Viktoria?« Ich setzte mich neben ihn in den Sessel und streichelte seine großen faltigen Hände. »Meine Tabletten?« fragte er ratlos. Er hatte schon vergessen, warum er mich gerufen hatte. »Die Medizin hat noch Zeit bis nach dem Essen Vater«, beruhigte ich ihn. »Wie«, fragte er in einem plötzlichen Aufglimmen von Interesse und reckte den großen kahlen Kopf über dem dünnen Hals, »wie ist eigentlich Charlotte mit Grete verwandt?« Als ich aber antwortete, meine Schwester Charlotte sei seine wie auch Gretes Tochter, war sein Interesse bereits wieder erloschen. Nichts deutete darauf hin, daß er meine Antwort überhaupt aufgenommen hatte. Mit einem Gesicht, das mir irgendwie schief vorkam, starrte er unbewegt vor sich hin. Schon vor dem ersten Schlaganfall hatte er tagaus, tagein in der Stube gesessen, versunken in das Studium des Fernsehprogramms – er, der früher weder Radio- noch Fernsehapparate duldete, ja, nicht einmal einen Plattenspieler hatte er seinen Kindern zugestanden. Mit Stift und Lineal bewaffnet unterstrich er sämtliche Sendungen. Nach dem ersten Schlaganfall gesellte sich die Angst zu seiner Lethargie und wich nicht mehr von seiner Seite. Margarete brachte ihm geduldig bei, wieder zu gehen, aber seine Angst vor dem Alleinsein zu verscheuchen war trotz hochdosierter Tranquilizer nicht möglich. Ein zweiter Schlaganfall fesselte ihn an den Rollstuhl und trübte sein Bewußtsein vollends ein. Niemand sah ihn jemals wieder lachen. »Mich hungert«, rief er alle halbe Stunde, obwohl er, wenn ich ihn dann fütterte, nach wenigen Löffeln seinen Kopf verneinend zur Seite drehte und dabei eine so angewiderte Miene machte, als wolle ich ihn vergiften. Allmählich verstand ich, daß es ihn kaum je nach etwas Eßbarem verlangte. Er sagte *mich hungert*, weil er nicht sagen mochte, *ich sterbe, Viktoria*! Schon mit fünfundsechzig, nach seiner schweren Operation, hatte er verfügt, daß es sich nicht mehr lohne, seine Zähne zu reparieren, weil er ohnehin bald »abkratze«. Binnen weniger Jahre bestand sein ruinöses Gebiß nur noch aus schwarzen Stummeln, die nach und nach abbröckelten. Längst mußte man ihm alle feste Nahrung mit einer Spezialzange gleichsam vorkauen. Margarete ließ nichts unversucht, ihn von der Notwendigkeit dritter Zähne zu überzeugen, mußte aber bald vor seinem Starrsinn die Waffen strecken. Wozu noch Zähne? Man hatte ihm eine künstliche Aorta eingesetzt, die ihm das Weiterleben auf Kosten seiner Manneskraft ermöglichte. Das Leben hatte keinen Biß mehr für ihn. Vom Tode her betrachtet gab es nichts Lächerlicheres als falsche Zähne, und was war sein Leben anderes, als die Produktion einer Leiche? Er war ein Invalide, ein schrumpfender, flügellahmer Vogel. Sollte die Zahnärztin ihn füttern wie eines ihrer gefiederten Findelkinder! Ergeben sperrte er seinen Schnabel auf. Abel, der damals gerade zu Gast war, glaubte, daß er sich insgeheim an dem kaum verhohlenen Entsetzen weidete, das sich angesichts seiner Zahnstümpfe in Margaretes Augen spiegelte. Aber nicht lange, und sie hatte sich an den Anblick gewöhnt.

Durch meine Geschwister war ich über alles unterrichtet, aber es ist zweierlei, etwas erzählt zu bekommen oder es selbst mitanzusehen. Für mich war der Anblick des erbarmungswürdigen Greises so niederschmetternd, daß ich dankbar war, zwischendrin die Kohlmeise füttern zu dürfen, obwohl sich die Meisenatzung als äußerst schwierig erwies. Der Vogel flog frei in einem kleinen Raum herum, der früher Vaters Schreibzimmer gewesen war. Das Mobiliar bestand aus einem Registraturschrank, einem verglasten Bücherregal, einem alten Sessel und einem kleinen Tisch, auf dem in einem Korb das Pullovernest lag. Eine Lampe mit einem weißen Glasschirm hing an einer langen, durch einen Porzellanzug regulierbaren elektrischen Leitung von der Decke herab. Der flache Boden des Lampenschirms diente der Meise als schwankender Flugplatz. Von dort hob sie auf den Bücherschrank ab, und dort landete sie wieder, wenn sie den Aktenordner auf dem Registraturschrank inspiziert hatte. Auf dem schrägen Deckel des wagerecht abgelegten Leitzordners rutschte sie jedesmal unfreiwillig in den Flug zurück, landete am Rand des hohlen Ordnerrückens, spazierte geschickt innen an der Hebelvorrichtung vorbei den »Korridor« entlang, steckte neugierig den Kopf durch das offene »Bullauge« und blickte auf das weiße Meer aus Meisenschiß hinab, das sich im Laufe der Zeit auf dem Linoleumboden angesammelt hatte. Unglaublich, was so ein winziger Vogel an einem Tag zusammenscheißt! Wenn sie meine Schritte im Flur hörte, begann sie sofort ihr Hungerlied zu singen. Kaum öffnete ich die Tür, schon kam sie ohne Scheu angeflogen und schmetterte mir ihr forderndes tüitüitüii vom Schultersitzplatz aus direkt ins Ohr. Von ganz allein riß sie den Schnabel auf, sobald ich mich mit einem Fleischwurm in der Pinzette näherte. Wenn ich aber die sich windende Made nicht tief genug in den zarten Schlund des Vogels schob, wie es meine Stiefmutter mir gezeigt hatte, wand sich der ekelhafte Wurm wieder heraus und fiel auf den Boden, wo er, durch die Kotspritzer bestens getarnt, unauffindbar war. Deshalb ging ich dazu über, die Maden vor dem Füttern in zwei Teile zu schneiden, so sehr es mich auch anwiderte, die zähe, darmartige Haut zu durchtrennen und den fetten Brei heraustreten zu sehen, durch den die Nagelschere schwarz oxydierte.

Indessen wurde ich immer wieder von Vater abkommandiert oder vom Telefon unterbrochen, das im Flur neben der verglasten Küchentür stand. Ich wartete auf Abels Anruf, der gerade beim Verlag in Hamburg seine Übersetzung des Romans *Mélange* durchging. In der Hoffnung, daß er mich auf dem Rückweg hier abholen könnte, eilte ich in den Flur, sobald das melodische Tüdelüdü erklang. Es stellte sich jedesmal heraus, daß der Anrufer bereits aufgelegt hatte, als ich den Hörer abnahm. Aus der Küche ertönte das höhnische Lachen des Graupapageis Mucki, der sich mit seiner Gefährtin Roswitha einen großen Käfig teilte. Die beiden hatten den frei herumfliegenden Star eines Tages seines Beins beraubt. Der junge Vogel hatte sich irgendwie unglücklich zwischen dem Papageienkäfig und der Wand verfangen, so daß Roswitha und Mucki sich in aller Ruhe an seinem durch die Gitterstäbe ragenden Bein gütlich tun konnten. Das gesamte befiederte Küchenpersonal wetteiferte in der Nachahmung befremdlicher Geräusche. Mukki, wie gesagt, war ein großartiger Imitator von Hohngelächter, Roswitha machte perfekt das Wasserfallgeräusch der Klosettspülung nach, das gleichmäßige Zischen des Kakadus erkannte ich erst wieder, als ich den Herd mit einem Lösungsmittel aus der Sprühdose reinigte. Der heimliche Meister unter den Imitatoren war jedoch der Star. Immer wieder rannte ich vergeblich ans Telefon, und erst als er sein Tüdelüdü eine Sekunde zu früh ausstieß – ich hielt den Hörer noch in der Hand – begriff ich, daß er mich die ganze Zeit genarrt hatte.

Am frühen Abend dieses anstrengenden Tages bat Vater, ich möge ihn ins Bett bringen. Nachträglich kommt es mir ganz unwirklich vor, daß es mir gelang, seinen dünnen, aber in seiner Hilflosigkeit so entsetzlich schweren Körper vom Rollstuhl aufs Bett zu hieven. Das Entkleiden, das Wechseln der Windeln verursachten mir eine so unvorstellbare Pein, daß ich nach vollbrachter Tat heulend in den Garten lief, wo die Sittiche noch munter in ihrer Voliere herumflatterten. Noch immer weinend kehrte ich ins Haus zurück. »Tüdelüdü.« Verdammter Star, dachte ich, aber diesmal war es wirklich Abel, und zu meiner großen Erleichterung teilte er mir mit, daß er wahrscheinlich schon am nächsten Tag mit der Arbeit fertig wäre. Er würde dann sofort zu mir stoßen und mich, wenn Margarete am Donnerstag zurückkehrte, nach Köln mitnehmen.

## 4

Ich schlief im Erdgeschoß in Margaretes Zimmer bei weit geöffneter Tür, wie es mir aufgetragen worden war. Das Licht sollte die ganze Nacht brennen und meinem Vater nebenan durch die ebenfalls geöffnete Tür seiner Schlafkammer Trost spenden, wie einem an pavor nocturnus leidenden Kind. Mitten in der Nacht wachte ich auf. Zuerst glaubte ich, mir habe von meinem Vater geträumt, einem gesunden Vater, der fröhlich lachte, aber dann hörte ich es, hörte, daß er in seinem, nicht in meinem Traum lachte. Ich warf mir den Morgenmantel über und schlich mich an sein Bett. »Wo seid ihr?« rief er und lachte wieder, als spiele er mit jemandem Verstecken. Es war nicht der hinfällige Greis, der da lachte und sprach, es war ein heiterer Konrad Bußhardt, dem ich leider nie begegnet war, denn selbst sein Lachen hatte für mich immer etwas Drohendes gehabt.

Ich kehrte in mein noch warmes Bett zurück und schlief sofort wieder ein. War es die Aussicht, meinen Bruder bald wiederzusehen, oder war es die heitere Traumexistenz meines Vaters, jedenfalls wachte ich guter Dinge auf. Herr Traphan, der Pfleger, der jeden Morgen kam, um Vater zu waschen, zu wickeln und anzuziehen, stand pünktlich um acht in der Tür. Während er sich um den Kranken kümmerte, bereitete ich das Frühstück nach Ammerschem Rezept vor. Das Müsli aus dem Glas auf der Fensterbank ergab zusammen mit dem rohen Ei und dem frischgepreßten Blutorangensaft einen mißfarbenen Brei, an dem Vater verdrossen herummümmelte. Auf meine Frage, wie es ihm schmecke, erwiderte er: »Abscheulich!« Es sah wirklich alles andere als appetitanregend aus, erinnerte durch die schleimige Konsistenz und die bräunliche Farbe eher an Erbrochenes als an etwas Eßbares. Aber es war eben eine Kraftnahrung, sagte ich mir und drängte ihm noch einen Löffel auf. Fast war ich versucht zu sagen: »Noch einen Löffel für Margarete!«, aber er sah mich so vorwurfsvoll an, daß ich den restlichen Brei in der Küche in den Abfalleimer schüttete.

Ganz anders die Meise. Sie verschlang heißhungrig zahllose Wurmhälften, setzte sich dann auf meinen Kopf und zupfte sich mein kurzes Haar als flauschiges Nest zurecht. Ich hätte gern ein Bad genommen oder wenigstens geduscht, aber die Geschichte mit der Raubvogelfütterung vergällte mir das makellos saubere Bad, und mein Erlebnis auf der Toilette war nicht dazu angetan, meinen Ekel vor diesem Tollhaus zu dämpfen. Margarete hatte anscheinend eine Dose Fleischwürmer im Klo auf dem Fensterbrett vergessen, ein kühler Raum auf der Nordseite des Hauses. Als ich die Tür öffnete, war alles schwarz von Fliegen. Nachdem sich der Schwarm im Haus verteilt hatte, war das kleine Klofenster blind, die Wände und die Brille übersät mit den erhabenen braunen Pünktchen ihrer Ausscheidungen. Am abscheulichsten aber war das Geräusch ihrer platzenden Leiber unter meinen Hausschuhen. Das weiße Innere sah genauso aus wie das der Maden, als hätten sie sich einen schwarzgewürfelten Anzug mit dunkel geäderten Flügeln, Fühlern und Beinen übergezogen.

Man kann sich die Erleichterung vorstellen, mit

der ich Abel entgegenlief, als er am späten Nachmittag endlich an der Gartentür klingelte. So ungestüm war meine Freude, daß ich ihn aus Versehen umarmte. Es war das erste Mal seit unserer Kindheit, in der wir alle Öffnungen unserer Körper gegenseitig erkundet, ertastet, beschnuppert und auch malträtiert hatten. Er reagierte etwas verdattert, hob langsam beide Arme, legte sie vorsichtig um meinen Rücken und ließ sie wieder fallen, als habe er sich verbrannt. Dann redete er so schnell auf mich ein, als stünde jemand mit einer Pistole hinter ihm, der ihn, sobald die geringste Pause einträte, zu erschießen drohte. Ich verstand nur, daß es um *Mélange* ging, um seinen Lektor, der geglaubt habe, *lapalissade*, die Binsenweisheit, sei ein Dichter aus dem 18. Jahrhundert.

Was nun geschah, verlief gleichsam *malgré nous*, als beobachteten wir als ohnmächtige Zuschauer unsere eigenen Handlungen, während wir über die allerunwichtigsten Dinge redeten. Es war mir nicht bewußt, welch mächtiges Tabu ich mit meiner Umarmung durchbrochen hatte, aber da das Berührungsverbot nun einmal überschritten war, verlangte es mich unentwegt nach Abels Nähe. Die Gegenwart unseres strengen Vaters, der teilnahmslos, stumm und doch sehend vor uns saß, steigerte auf unbestimmte Weise meine Lust, meinen Bruder bei jeder sich bietenden Gelegenheit zu berühren. Mal legte ich ganz nebenbei meine Hand auf seinen Oberschenkel, mal flüsterte ich ihm etwas Nichtiges ins Ohr und rieb meine Wange für einen heißen Augenblick an seinem dichten Bart. Bildete ich es mir nur ein, oder war Vaters Gesicht noch schiefer als gestern? Dabei war seine Hautfarbe so lebhaft rot, als teile er unsere Erregung. Er wollte essen, und so taute ich ihm mit einer unbegreiflichen Hast die Maultaschen auf und fütterte ihn. Es war noch nicht dunkel, aber er verlangte ins Bett gebracht zu werden. Gemeinsam hoben wir ihn aus dem Rollstuhl aufs Bett, entkleideten ihn, entfernten die beschmutzte Papierwindel, tauschten sie gegen eine frische aus, zogen ihm sein Nachthemd an und deckten ihn zu.

Man sollte meinen, daß der Anblick seines armen hinfälligen Körpers jeglichen Wollustgedanken im Keim erstickte. Das Gegenteil war der Fall. Nichts verblaßt so schnell wie die Erinnerung an die Lust. Zwei Jahrzehnte sind seit jener Nacht vergangen, aber jede Regung, jeder Seufzer, jedes wie im Wahn gesprochene Wort ist mir im Gedächtnis geblieben. Es war wie auf dem Bild einer verkehrten Welt: die Kinder wickeln den Vater und brennen darauf, die eigene Großmutter zu zeugen.

Wir aßen die restlichen Maultaschen auf, leerten fast zwei Flaschen Wein, fütterten die Meise und das Küchengesindel, und als die Nacht hereinbrach, legten wir uns angezogen auf Margarete Ammers Bett. Ein langer schüchterner Kuß verwandelte sich allmählich in eine gierige Züngelei. Aus dem Nebenzimmer hörten wir Vater schnarchen und bemühten uns, unser Keuchen zu unterdrücken. Abel streifte mir, wie in Trance, die Kleider vom Leib. Unsere Bewegungen hatten etwas von einem absurden somnambulen Ballett. In dem matten Licht, das aus dem Flur ins Zimmer drang, sah ich Abels Augen, den irren Glanz, zu dem die Angst und die Scham und die Lust zusammengeschmolzen waren. »Fleisch«, murmelte er, »von deinem Fleisch, von meinem Fleisch«, und fuhr mit seiner schlängelnden Zunge meinen nackten Bauch hinab, bis sich sein Bart mit meiner Scham deckte und sein Mund mit meinem sprachlosen Mund, eine so unbeschreiblich köstliche Empfindung, daß sich mir ein lautes Stöhnen entrang. Er hob den Kopf aus meinem Schoß und wir lauschten mit angehaltenem Atem. Nebenan rührte sich nichts. Da robbte er zu mir hoch, schloß meine Lippen mit einem Kuß, in dem sich ein krauses Haar verloren hatte, und in einem Nu war sein blinder glühender Vogel untergetaucht. Sein Rüttelflug löste ein gräßliches Federkernkonzert aus, und so gingen wir in den Gleitflug über. Ich weiß nicht, wie lange wir so am Rande entlangsegelten, als uns ein unheimliches Geräusch aus unserer Verzückung riß. Ein Stöhnen kam aus dem Nebenzimmer. Zuerst glaubten wir in unserer Schuld, es parodiere die Liebeslaute, die wir tunlichst unterdrückt hatten. Nie werde ich dieses Geräusch vergessen. Es klang, als habe Vaters Lunge die absolute Herrschaft über seinen Organismus erlangt und zwinge ihm ein unmenschliches Atemvolumen auf. Begleitet von einem Röcheln und Knirschen, als würden Sandkörner durch seine Alveolen getrieben, rang er verzweifelt tief um Luft, die, nach dieser *tour de force*, den Ausweg verschlossen fand und mit einem puuh, als habe sie eine Membran durchstoßen, aus ihrem Gefängnis wieder entwich. Dann, ganz plötzlich, war nichts mehr zu hören. Wir sahen uns an und wußten, daß wir beide das gleiche dachten. Indessen kam der schwerfällige Mechanismus wieder in Gang, setzte nach einer Weile erneut aus, und immer, wenn wir glaubten, die Totenstille sei endgültig, kämpfte seine Lunge weiter, knirschend, rasselnd, röchelnd, mit einem erlösenden puuh nach jeder Inspiration.

Endlich fanden wir in unsere Kleider und gingen zu ihm. Er lag auf dem Rücken, der rechte Arm hing schlaff herab, während der linke nach innen gedreht und starr ausgestreckt war, als müsse er sich gegen etwas stemmen. Seine Augen schienen geschlossen. Erst als wir die Nachttischlampe anmachten, bemerkten wir das zur Hälfte geschlossene Lid seines rechten Auges, von dem nur der weiße Augapfel sichtbar war. Die ganze rechte Gesichtshälfte, sein ganzer Leib war auf der rechten Seite gestorben. Aus seinem rechten herabhängenden Mundwinkel floß Speichel, und mit jedem puuh blähte sich seine rechte Backe. Die Pausen, in denen sein Atem stillstand, wurden immer länger, und dann war mit einem Mal eine Stille im Raum, die stiller war als in allen Atempausen zuvor, und wir wußten, daß es keine Intervalle mehr gab.

Herr Traphan klingelte uns aus unserer Totenwache in die Welt der Lebenden zurück. Zwei Stunden später traf Margarete Ammer ein. Als alles vorüber war, das Begräbnis und die Trauerfeier, fiel mir das Müsli wieder ein, das Vater so gar nicht gemundet hatte und ich zeigte Margarete das Glas auf der Fensterbank: es war das Igelfutter gewesen.

Zwanzig Jahre sind seither vergangen, und nie habe ich mit Abel über diese Nacht gesprochen. Manchmal frage ich mich, ob es nicht eine Sinnestäuschung war, eine Halluzination zwischen Vögeln, Würmern und einem sterbenden Archaeopteryx.

# Schattenschwanz

Die Angst ist bei uns, mit im Bund,
Gefährtin du – mit breitem Mund!

Ach, wie brüchig der Tabak,
Du Freundchen, Narr und Nüsseknack!

Wir könnten lebenslang wie Stare pfeifen
Und Torten essen, Nüsse greifen…

Unmöglich, geht nicht, weggepackt.

Ossip Mandelstamm

# 1

Ergreifend nah stand es ihr im Traum vor Augen: das Format grenzte ans Wunderbare. Eine Eichel wie aus Japans *fließender Welt.* Das unnatürlich Weiße und ungemein Trockene der Haut mutete sie kränklich an. »Dagmar, siehst du denn nicht, daß ich verdurste?«, flüsterte Anselm. Behutsam schob sie die schilfrige Membran, die einen Teil der Krempe gefangenhielt, auf den Schaft, umfaßte ihn an der Wurzel und ließ ihn, Anselms brennendes Gesicht vor Augen, langsam in sich versinken. Ein Kitzeln wie von winzigen Nadeln stieg in ihrer Kniekehle auf, wanderte den Oberschenkel entlang, glitt über den Bauch. Dann schlüpfte das pelzige Ding mit den langen Nägeln in ihre Hand und machte sich mit seinem Zünglein an ihren Fingern zu schaffen.

Im Nebel des Erwachens versuchte sie vergeblich einen Zipfel des zergehenden Traums zu erhaschen. Zögernd öffnete sie die Augen: kein Anselm lag neben ihr. Ich sitze auf dem trockenen, dachte sie wehmütig und streichelte das Eichhörnchen in ihrer Hand .

Anselm hatte es an einem heißen Tag im Juli auf dem Kartoffelacker gefunden und zunächst zu Füßen einer Esche in den Schatten gelegt in der Hoffnung, daß es von seinesgleichen zurückgeholt würde. Da lag es nackt und blind etliche Stunden und rührte sich nicht, so daß es weder von seiner Mutter noch von den durchs Gelände streifenden Katzen wahrgenommen wurde. Als der Tag zur Neige ging, entschloß sich Anselm Kiedaisch, den Findling in Dagmars Obhut zu geben. Als Überbringer dieses kleinen Lebens schien ihm der Abschied weniger endgültig.

So kam der *Schattenschwanz* zu seiner Riesenmutter. Sein fliehendes Mäusekinn, seine wie zugenähten Augenschlitze, seine stumpige dicke Unterlippe waren von embryonaler Häßlichkeit. Ein winziger rosa Stöpsel zeichnete es als männliches Wesen aus. Dagmar Mawedel hatte eine Vorliebe für die lautmalerischen Namen der *Edda*, und so nannte sie den Findling Ratatöskr, nach dem Zwietracht stiftenden Eichhorn, das auf der Weltesche Yggdrasil die bösen Worte zwischen der Schlange an der Wurzel und dem Adler im Wipfel hin- und herträgt.

## 2

Gelbe Dorfköter fläzten sich träge auf dem heißen Asphalt, als Dagmar den Findling zu Frau Schräzel in dem nahe gelegenen Weiler Eschenach trug. In der durchresopalisierten Küche des alten Bauernhauses stauten sich die Duftmarken unzähliger Katergenerationen. Blaustichige Gesichter flimmerten über die Mattscheibe des großen Farbfernsehers – in Eschenach hielt man es für Verschwendung, das Programm abzuschalten. Das T-Shirt der Bäuerin zierte das von ihrem wallenden Busen verzerrte Bild eines nostalgischen Telefons mit frei flottierendem Hörer, darunter stand in großen Lettern: »Call me!«

Auf Dagmars Bitte entriß Frau Schräzel eine ihrer Katzen ihrem scheckigen Wurf, packte sie am Nakken und bot sie auf ihrem Schoß dem Eichhörnchen zum Trinken an. Ausgeleierte, geschwollene Zitzen hingen aus dem von Flöhen wimmelnden Fell der Katze. Man mochte es noch so oft mit der Nase darauf stoßen, das Eichhörnchen war nicht zum Trinken zu bewegen.

Trude, die jüngste der drei Schräzeltöchter, ein linkisches Mädchen von acht Jahren, deren Finger jährlich operiert wurden und doch immer wieder wie Flossen an der Wurzel zusammenwuchsen, kam hinter der Wellglasscheibe hervor, die Koch- und Wohnküche trennte, und schaute mit verlegenem Lächeln zu. Ihre braunen Augen wirkten hinter den dicken Brillengläsern, als gehörten sie zu dem Gesicht einer glubschäugigen Riesin. So plötzlich, wie sie gekommen war, verschwand sie aus der Küche, lautlos wie ein Geist. Als Dagmar das Eichhörnchen in die Rocktasche steckte, tauchte Trude wieder auf. Sie hielt in ihrer verkrüppelten Hand ein verbeultes Plastikfläschchen mit knallrotem weichen Nuckel, wie man sie mit Liebesperlen gefüllt auf Jahrmärkten kaufen kann.

## 3

Am Morgen des dritten Tages seiner Menschenzeit war das Lid des Tieres haarbreit geöffnet. Am Abend gab ein kreisrundes Loch im dünnen Fell das schwarzbraune Auge frei. Am folgenden Tag vollzog sich am anderen Lid die gleiche Verwandlung. Als es so zum erstenmal in die Welt blickte, machte es eine merkwürdige Entdeckung: ein gigantisches Eichhörnchen beugte sich zu ihm herab, die Augen so eigentümlich geschlitzt, daß um die gespenstisch helle Iris der weiße Augapfel zu sehen war. Die Ohren saßen seitlich am Kopf, unbeweglich wie bleiche Baumpilze mit eingerollter Krempe. Ein fahles Fell hing über dem nackten glasigen Gesicht. Einzig über und um die Augen wuchsen spärliche Haare, die so dick wie Grashalme waren. Die Schnurrhaare saßen nicht neben der monströsen Nase, sondern in den Löchern derselben. Das Erstaunlichste aber waren die abgebrochenen Nagezähne hinter den dunklen Lippen.

»Ratatöskrrr«, knurrte die Riesin und stopfte ihm eine seltsam labbrige Zitze ins Maul. Auf dem Rükken in ihre Hand gebettet, sog es die dünne süßliche Milch in sich hinein. War sein Durst gestillt, strich die Riesin ihm mit einem feuchten Schwamm über die weiße Wamme, bis es aus seinem Stöpsel, Tropfen für Tropfen, das Wasser ließ.

Es war ihm unmöglich, zu erkennen, wo seine Riesenmutter in einen Baum überging, einen warmen weichen Baum, dessen schlaffe scheckige Rinde mal lose über Äste und Stamm herabhing, mal abgeschält war. Auf glatten Ästen glitt Ratatöskr haltlos entlang, während er sich in der dünnen Rinde ständig mit den Krallen verfing. Als er die ersten spiraligen Runden um den Stamm drehte – eigentlich waren es zwei Stämme, die weiter oben zusammengewachsen waren –, geriet er immer wieder zwischen Baum und Borke. Seine tief in den nackten Baum gekrallten Nägel lösten ein ohrenbetäubendes Gebrüll der Riesin aus. Allmählich lernte er, nicht unter die Rinde zu schlüpfen, sondern in die von außen zugänglichen Taschen, in denen er seinen Mittagsschlaf hielt wie im schwankenden Nest eines Baumwipfels.

Im Laufe der Zeit gewöhnte er sich an alle menschliche Unbill. Er lernte, über das Parkett zu schlittern wie ein Eisläufer, denn im Hause der Riesin ging man nicht auf Teppichen wie im Wald. Er lernte, kopfüber die Vorhänge zu stürmen, die Gardinenstange entlang zu balancieren und sich kopfunter wieder herunterzuhangeln. In Windeseile stob er das Treppengeländer hinauf und wartete oben, bis die schwerfällige Riesin ihm Stufe für Stufe folgte.

Sein Zimmer im ersten Stock war kärglich möbliert. Ein großer Kasten mit grünen Maschendrahtwänden, dessen Tür immer offenstand, und eine hohe Klappleiter aus Aluminium dienten der Kletterbelustigung, desgleichen der dicke Ast einer Esche, der von seinem Wasserkübel auf dem Boden bis an die Zirbelholzdecke reichte. In seiner obersten Gabelung hing ein alter Kindermuff aus brüchigem mausfarbenem Fell: Ratatöskrs Schlafplatz. Jeden Morgen kletterte er mit dem Kopf voran den Ast hinab, hüpfte vom Rand des Wasserkübels aufs Parkett, richtete sich halb auf, schaute, lauschte, durchquerte in drei

Sätzen das Zimmer, schnellte wie ein federnder Ball an das grüne Gitter des Käfigs in der Ecke, hielt, die langen Greifzehen um den Draht gekrallt, einen Augenblick inne, schnalzte, zuckte mit dem Schwanz und sprang ruckartig, Masche für Masche, das Gitter hinauf bis auf das hölzerne Dach des Käfigs. Dort lagen zwischen vertrockneten und frischen Moospolstern, zerrissenen Pantoffeln, Tempotuchfetzen und welken Efeuranken die verschiedensten Nüsse. Er wählte mit dem Maul eine dicke Walnuß, richtete sich auf, umfaßte die Nuß mit den Händen, sägte mit den Zähnen ein Loch in die Schale und sprengte sie in zwei Hälften auf. Geschickt holte er die Kerne mit der Pinzette seiner unteren Nagezähne aus ihrem Gehäuse und begann sein Frühstück, indem er sich die Nußkerne mit so rasender Geschwindigkeit in den Schlund raspelte, daß ihm die Späne links und rechts ums Maul flogen.

Nach dem Frühstück nahm er ein Bad auf einem feuchten Moospolster, mandelte sich auf, putzte sich sorgfältig das Gesicht und alle erreichbaren Partien seines Fells, das jetzt im Winter um die Oberschenkel eine Art Pluderhose mit blaugrauem Unterfutter bildete. Dann sauste er mit einer Walnuß im Maul über den Gang an die Tür der Riesin, deren Zimmer neben dem seinen lag, und versuchte vergeblich, seinen Vorrat unter mehrmaligem Stupfen mit der Schnauze in der Türschwelle zu vergraben. Auf das laute Klopfgeräusch öffnete sich prompt die Tür. Während die Riesin in ihr Bett zurückkehrte, stürzte sich Ratatöskr kopfüber in einen der Kleiderberge, die sich in ihrem Zimmer immer höher auftürmten, seit sie im Herbst ihren Beruf als Lehrerin aufgegeben hatte und das Haus nur noch selten verließ. Er balgte sich eine Weile mit einem imaginären Feind, einem mottenzerfressenen Unterhemd, einem löchrigen Socken oder auch einem ganzen Kleid, das er so lange mit seinen zuckenden Hinterläufen traktierte, bis es ihn wieder freigab. Das eine oder andere Stück Stoff roch so heimelig nach seiner Riesenmutter, daß er es auf das Dach seines Käfigs schleppen wollte, um sich ein Nest daraus zu zupfen. Mit seinem Riesentuch im Maul hätte er sich rückwärts fortbewegen müssen, eine den Eichhörnchen gänzlich fremde Gangart. Vorwärts trat er sich ständig auf die eigene Schleppe, und nur unter größten Mühen gelang es ihm, seine Beute bis in den Flur zu zerren, wo er sie erschöpft liegenließ.

Derweil lag Dagmar Mawedel in ihrem Bett, das mit Eichhörnchenkot übersät war, kleinen fettigen Kugeln von immer gleicher Konsistenz. Stundenlang lag sie reglos auf dem Rücken, ein Bein angewinkelt, das andere gestreckt, die Bettdecke um den dürren Rumpf gewickelt wie eine bandagierte Mumie. Wenn es ihr gelang, das Tier zu packen, das wie ein besessener Kobold über sie hinwegraste, belebten sich ihre Züge. Dann bettete sie es auf den Rücken in ihre Hand und streichelte ihm das Kinn, bis ihm der Wonnespeichel aus den Mundwinkeln floß.

## 4

Die Schneeglöckchen waren verblüht. Die letzten schmutzigen Brocken harschen Schnees sickerten in die aufgeweichte Erde. In einer Mulde der Muffhöhle bildete das in seine Schwanzstola gehüllte Eichhörnchen einen vollkommenen Kreis. Seine Hinterläufe zuckten, als es sich im Traum auf der Flucht vor einem Baummarder mit menschlichen Zügen von der Spitze eines schwankenden Zweiges aus dem höchsten Baumwipfel in die Tiefe fallen ließ. Es landete hart auf Steinfliesen und erwachte. Nach dem Frühstück und der ausgiebigen Toilette klopfte es wie jeden Morgen mit einer Nuß an der Schwelle des Nebenzimmers, aber kein wandelnder Baum öffnete ihm die Tür, kein fünfbeiniges Eichhörnchen kraulte ihm das Kinn, und so verbrachte es den Tag schlafend wie im tiefsten Winter.

Am nächsten Morgen sprang es sehr früh den kahlen Eschenast hinab, klopfte abermals an der Schwelle, auf der inzwischen ein großer Nußvorrat den Weg versperrte, und wieder rührte sich nichts. So ging es Tag um Tag. Die Nüsse, Körner und Zapfen in seinem Zimmer waren bald aufgegessen und es mußte auf seinen Schwellenvorrat zurückgreifen, bis auch der verbraucht war und es nichts mehr zu raspeln gab. Zwischen den aufgesprengten Nußschalen drang durch die Türritze des Zimmers der Riesin ein penetrant süßlicher Geruch. Wenn das Eichhörnchen nicht schlief, saß es im Erdgeschoß am Küchenfenster und blickte sehnsüchtig auf die wunderbar vertikale Welt des Waldes, auf die vorbeiflatternden Vögel, die tschilpenden Spatzen im Kies. Mitunter durchbrach es die Stille des Hauses mit einem kleinen Klagelaut – einer Mischung aus Katzengejammer und Hundegeheul.

Der Hunger war noch nicht quälend, gaukelte ihm nur im Traum die dicksten Nüsse vor, als es eines Tages durch lautes Rufen und brutales Klopfen geweckt wurde. Das darauf folgende Krachen der gewaltsam geöffneten Eingangstür vernahm es am ganzen Leibe zitternd auf der obersten Spitze des Eschenastes unter der Zimmerdecke. Es hörte seine Feinde die Treppen hinaufpoltern, sah ihre abscheulichen Gestalten in sein Zimmer dringen, aus dem sie sogleich wieder verschwanden – ihr horizontaler Menschenblick verhinderte seine Entdeckung –, horchte auf das Bersten der Nußschalen unter ihren schweren Stiefeln, auf das Öffnen der Tür nebenan, und in der Stille, die nun eintrat, machte sich das Eichhörnchen auf und davon.

## 5

Die Bäume standen in vollem Laub, als Doktor Kiedaisch nach Eschenach kam, um das Anwesen in Besitz zu nehmen, das ihm seine verstorbene Geliebte vermacht hatte. Die lavendelblauen Läden der kleinen quadratischen Fenster leuchteten von ferne wie Augen aus dem kohlschwarz gebeizten Gesicht des hölzernen Hauses. Als er die Aufkleber entfernte, mit denen die Tür von der Polizei versiegelt worden war, bemerkte er, daß die Läden des Küchenfensters nur angelehnt waren. Ein kalter klammer Hauch schlug ihm beim Öffnen entgegen. Die Flügel des zerbrochenen Fensters klafften weit auseinander. Er machte eine Runde ums Haus. Alle übrigen Läden im Erdgeschoß waren fest verschlossen. Aber woher kam der üble Geruch? Er drehte noch eine Runde und folgte dann schnüffelnd der Fäulnisfahne, die aus der Richtung des Swimmingpools kam, der am Waldrand im Sonnenlicht lag. Er selbst hatte das betonierte, mit einer einst weißen Folie ausgekleidete Rechteck entworfen. Da das Wasser im Herbst nicht abgelassen worden war, hatte es sich in eine stinkende braune Brühe verwandelt, eine, wie ihm zunächst schien, Idylle für Frösche, die in Gruppen auf schwimmenden Inseln ein Sonnenbad nahmen. Ein pelziges Gefühl in der Magengrube ließ ihn die Augen schließen. Als er sie wieder öffnete, drängte sich ihm die Erkenntnis auf, daß das, was den Fröschen als Insel diente, aufgeschwemmte Igelkadaver waren. Wie war das möglich? Hatte er nicht gelesen, daß Igel schwimmen konnten? Aber wie sollten sie den Rand des treppenlosen Beckens erklimmen, das nur Menschen durch eine Innenkante 60 Zentimeter unter dem Wasserspiegel einen Halt bot? Die armen Tiere hatten sich zu Tode geschwommen, waren untergegangen und, wie Bälle mit Flüssigkeit angefüllt, wieder an die Oberfläche getrieben worden. Im aufgeweichten Stachelwald dieser Verwesungsplaneten sonnten sich nun die ahnungslosen Wasserfrösche. Salamander, Kröten, Springfrösche, alles in diesem Höllenpfuhl war auf Gedeih und Verderb zum Schwimmen verurteilt, und erst jetzt sah er deutlich, daß all diese Tiere nur noch Haut und Knochen waren, daß sie alle, wenn man sie ihrem Schicksal überließe, verhungern würden wie seine Geliebte. Es war ihm erspart geblieben, ihren Leichnam zu sehen. Aber jetzt, als er mit weichen Knien zum Haus zurückwankte, stand ihm das Bild vor Augen, das ihm Frau Schräzel von der Toten gegeben hatte: das dürre zerfallende Gerippe, das zur Unkenntlichkeit entstellte Gesicht, »und das Sonderbarste war«, hatte die Bäuerin mit leuchtenden Augen hinzugefügt, »das Sonderbarste war, daß das Fräulein Lehrerin in diesem Saustall im Bett lag und Handschuhe trug, obwohl doch die Zentralheizung an war«.

Er hatte nicht den Mut, das schwarze Haus zu betreten. Er lehnte die Stirn an die rauhe warme Holzwand und ließ seinen Tränen freien Lauf.

## 6

Es dauerte Tage, bis er mit Hilfe der Familie Schräzel die Frösche, Kröten, Salamander und Kaulquappen, die sich unter Laub und Kadavern im Schlamm verbargen, mit Keschern aus dem bestialisch stinkenden Bodensatz des abgelassenen Schwimmbeckens geangelt hatte. Wochen vergingen, bis das verwahrloste Haus wieder bewohnbar war. Selbst die Diebe, die durch das Küchenfenster eingestiegen waren, schienen so entsetzt von dem Chaos gewesen zu sein, daß sie nicht einmal das aus dem Kuddelmuddel herausragende Kofferradio auf dem Küchentisch mitgenommen hatten.

Eine Entrümpelungsfirma aus Niflheim schaffte den Müll beiseite, eine Putzkolonne befreite das Haus vom gröbsten Schmutz, die Kleider nahm das Rote Kreuz mit. In der untersten Schublade der Kommode in Dagmars Zimmer war er auf die einzigen sauber aufbewahrten Kleidungsstücke gestoßen, die wegzugeben er sich nicht entschließen konnte: eine grüne Seidenbluse, ein grauer Glockenrock und eine weiße Strickjacke. In dieser Aufmachung hatte er sie, als er sich im Juli vor einem Jahr von ihr trennte, zum letztenmal gesehen. Er hielt jedes einzelne Stück an die Nase, aber leider roch es nach nichts Lebendigem, eher etwas stockig, und so nahm er Bluse, Rock und Jacke, trug sie über den Hof in die Remise, wo er sie in den Korb neben die Waschmaschine legte. In Erinnerungen versunken, ließ er die Remisentür offen und kehrte ins Haus zurück.

Zum erstenmal, seit er sein Erbe angetreten hatte, fuhr er nicht bei Einbruch der Dunkelheit mit dem Auto in das sechzig Kilometer entfernte Niflheim, um in der vertrauten Umgebung seiner Stadtwohnung zu übernachten. Seine Praxis war den Sommer über geschlossen, denn er wollte sich in aller Ruhe der Umwandlung des schwarzen Gebäudes in ein heiteres Wochenend- und Ferienhaus widmen. Seine Frau, der er vorgemacht hatte, Dagmar Mawedel sei in Wirklichkeit ein uneheliches Kind seines Vaters gewesen, und seine zwölfjährige Tochter verbrachten den Urlaub am Plattensee. Irgendwann würde er nachkommen. Er wollte allein bleiben, um sich mit dem Wahnsinn der Verstorbenen auseinanderzusetzen. Gewiß, sie war tot, ihr konnte er nicht mehr helfen. Aber wie sollte er seine Trauerarbeit je zu Ende bringen, wenn er nicht verstand, was in ihr vorgegangen war?

Da gab es zum Beispiel die Bücher, die man beim Aufräumen in ihrem Zimmer als zusammengestürzte Türme unter den Kleiderbergen gefunden hatte. Dieses Sammelsurium aus populärwissenschaftlichen Wälzern, Brehms Tierleben, Gedichten der Droste, zeitgenössischen Romanen und, wie zum Hohn auf ihren Hungertod, etlichen Kochbüchern, bildete nun mehrere Stapel vor ihm auf dem Tisch in dem gemütlichen, ganz mit Holz vertäfelten Wohnzimmer im Erdgeschoß. Etwas ratlos blätterte er im Brehm, Säugetiere, Band I. In dem Kapitel »Eichhörnchen« fand er einen Merkzettel zwischen den Seiten, und da sprang ihm auch schon aus dem Text das Wort »Plattensee« entgegen. »In einem Gräberfeld«, las er, »bei Keszthely am Plattensee (Ungarn) fand Lipp auf den Schulterknochen von fünf Kindergerippen Eichhörnchenskelette.« Die zufällige Übereinstimmung des Ortes der Eichhörnchengräber, die er unwillkürlich mit seiner gestorbenen Geliebten verknüpfte, mit dem Ferienaufenthalt von Frau und Tochter berührte ihn unangenehm. Der Begriff »Deckerinnerung« kam ihm in den Sinn und das merkwürdige Spiel, an dem er sich als Schuljunge ergötzt hatte: man legte die Kuppe des Zeigefingers an die eines Freundes und forderte ihn auf, mit Daumen und Zeigefinger der anderen Hand gleichzeitig über das Dach aus fremdem und eigenem Finger zu fahren. Die Wirkung war so verblüffend, weil sich der fremde Finger wie ein abgestorbener Teil der eigenen

Hand anfühlte. Im Gedanken an diese unheimliche Empfindung setzte er seine Lektüre fort. »Der griechische Dichter Oppian erzählt, das Eichhörnchen mache sich in der Sommerhitze mit dem eigenen Schwanz Schatten, und daher lautet sein wissenschaftlicher Name *Sciurus*, Schattenschwanz.« Es folgte eine kurze Schilderung der Rolle des Eichhörnchens in der Mythologie der Inder und Germanen, denen es wegen seiner roten Farbe heilig war. Das Wort »Ratatöskr« war mit Bleistift unterstrichen. Seltsam, dachte Anselm, aber irgendwo habe ich schon einmal von dem Eichhörnchen gelesen, das als Zwischenträger von Verwünschungen fungiert, als Intrigant zwischen Wurzel und Wipfel, Schlange und Adler, Unten und Oben. Aber wo? In Brehms Tierleben las er zum ersten Mal. Mit germanischer Mythologie hatte er sich nie befaßt. Wie unter Zwang blickte er grübelnd aus dem geöffneten Fenster in die Nacht hinaus, als stünde dort geschrieben, woher er die Geschichte kannte. Der Anblick des Sichelmondes bescherte ihm jedoch nur eine morbide Assoziation, einen Satz, der dem Diplompsychologen so befremdlich war, als sei er ihm von jemandem untergeschoben worden, der zweifelsohne geisteskrank war. Er wollte ihn verärgert wegschieben, hörte sich aber im selben Moment laut sagen: »Die Mondsichel schwimmt wie ein abgeschnittener Fingernagel in der Tinte der Nacht.« Etwas in ihm antwortete stumm auf diesen Blödsinn: »Doktor Kiedaisch, was faselst du da von abgeschnittenen Fingernägeln? Daß du in der Tinte sitzt, das mag wohl sein, mein Lieber, aber jetzt legst du dich am besten hin und versuchst zu schlafen.«

Er hatte sich ein Klappbett neben dem Kachelofen aufgestellt. Zwar gab es oben in allen Räumen bequeme Betten, aber irgendwie war ihm das Obergeschoß nicht geheuer. Nicht daß er etwa abergläubisch gewesen wäre – schließlich war er Psychotherapeut –, es schien ihm nur, als sei der Wahnsinn dort oben nicht gänzlich ausgeräumt.

## 7

Fliegen weckten ihn am andern Tag, schwebten in stummem Reigen über seinem Gesicht und hatten die Impertinenz, sich nach jeder Drehung seines Kopfes erneut auf dem Plateau seiner Stirnglatze niederzulassen, das von einem dünnen Schweißfilm glänzte. Er war erst im Morgengrauen eingeschlafen, gepeinigt von einem inneren Streitgespräch, an das er sich jetzt erinnerte wie an einen Alptraum, in dem sich seine psychischen Instanzen eine mörderische Schlacht geliefert hatten. Ubw, unser blaues Wunder, wie er immer zu scherzen pflegte, gegen den grausamen Tyrannen Überich. Herr Doktor Übe-rich hatte Dagmar ihn frotzelnd genannt, als sie noch guter Dinge war und glaubte, er würde ihretwillen Frau und Kind verlassen. Er versuchte, sich ihre liebevoll-spöttische Miene in Erinnerung zu rufen, aber immer schob sich die Schräzelsche Beschreibung des verwesten Gesichts dazwischen. Bemüht, dieses grausame Bild wieder zu löschen, beschloß er aufzustehen. Es wollte ihm jedoch nicht auf Anhieb gelingen, seinen geräderten Leib von der schmalen Liege zu heben. Die ganze Nacht hatte er auf dem Rücken gelegen, das Laken um den Rumpf gewickelt und wie eine Zwangsjacke unter den Oberarmen festgezurrt. Das entsprach in keiner Weise seinen Schlafgewohnheiten, und er erklärte es sich damit, daß man auf diesem verdammten Klappbett keine embryonale Stellung einnehmen konnte, ohne mit den Knien über die harte Bettkante hinauszuragen. Beim zweiten Anlauf erleichterten ihm Schmerzensschreie, sein steifes Rückgrat zu biegen und, langsam wie ein Greis, auf die Füße zu kommen. Eigentlich wollte er wie immer vor dem Frühstück ein heißes Bad nehmen, sagte sich dann aber, das könne warten, und kochte sich eine große Kanne Kaffee, die er aus der schäbigen kleinen Küche ins Wohnzimmer trug, um dort das Studium von Dagmars Büchern fortzusetzen. Wie in Zeitlupe ließ er sich stöhnend auf dem Stuhl gegenüber dem Fenster nieder. Schon nach der ersten Tasse Kaffee fühlte er sich besser, nach der zweiten so wohl, daß er sich aufraffte, noch einmal aufzustehen. Er öffnete alle drei Fenster des Raumes, so daß sich die weißen Vorhänge im Luftzug bauschten, und ging in die Küche, um sich doch eine Kleinigkeit zu essen zu holen. Die Butter aus dem Eisschrank war steinhart, aber die Stachelbeermarmelade schmeckte vielleicht auch pur auf dem Pumpernickel. Bevor er das Tablett aus dem Regal nahm, fing sein flüchtiger Blick durchs Fenster etwas Grünes im Kies auf. Er ging vorsichtig, als habe er sich die nackten Füße versengt, im Pyjama in den Hof hinaus und fand auf halber Strecke zwischen Haus und Remise Dagmars grüne Seidenbluse. Wieso war ihm entgangen, daß er sie auf dem Weg zur Waschmaschine verloren hatte? Womöglich war er schon so geistesabwesend, daß er auf dem Rückweg, ohne etwas zu merken, darüber hinweggeschritten war? In seiner Verwirrung ging er mit der Bluse in Richtung Küche, machte an der Eingangstür kehrt und trug sie in die Remise, wo ihm der leere Wäschekorb entgegengähnte. Jemand hatte die Kleider gestohlen und in der Eile nicht bemerkt, daß er unterwegs das schönste Stück verlor. Seltsam war nur, daß der Dieb auf das Haus zugerannt war – in der Nacht wahrscheinlich. Der Gedanke, daß er vielleicht aus der Dunkelheit heraus beobachtet worden war, beunruhigte ihn nur oberflächlich, in den tiefsten Schichten seiner Psychologenseele keimten viel unheimlichere Vorstellungen auf und überwucherten allmählich seine analytischen Gewißheiten.

## 8

Der Kaffee in der Thermoskanne war noch heiß, als er sich wieder am Tisch niederließ. Ein mit Flecken übersätes Buch, aus dessen Dünndruckschnitt die aufgelösten Miniaturzöpfe eines Lesebändchens hingen, verlockte ihn zum Aufschlagen. Der bestoßene Leinendeckel verriet an der Innenkante seine einst malachitgrüne Farbe. Es waren die Gedichte der Anette von Droste-Hülshoff. Wenige Zeilen genügten, ihn in ihren Bann zu schlagen:

*Schaust du mich an aus dem Kristall,*
*Mit deiner Augen Nebelball,*
*Kometen gleich die im Verbleichen;*
*Mit Zügen worin wunderlich*
*Zwei Seelen wie Spione sich*
*Umschleichen, ja dann flüstre ich:*
*Phantom, du bist nicht meinesgleichen!*

Bald versuchte er die Strophen laut zu lesen, aber seine Stimme tönte falsch in der Stille, monoton, blechern fast, wie ein Vortrag über Zaubersprüche auf einem Automaten-Kongreß. Lautlos las er weiter:

*Es ist gewiß, du bist nicht ich,*
*Ein fremdes Dasein, dem ich mich*
*Wie Moses nahe, unbeschuhet,*
*Voll Kräfte die mir nicht bewußt,*
*Voll fremden Leides, fremder Lust;*
*Gnade mir Gott, wenn in der Brust*
*Mir schlummernd deine Seele ruhet!*

Mit jeder Zeile hallte die melodische, zwischen Alt und Sopran schwankende Stimme seiner Geliebten lebendiger in ihm wieder. Es war schon später Nachmittag, als er sich wie berauscht von den vielen Reimen erhob und, noch immer ungewaschen, barfuß und im Pyjama, in den Garten ging. Es war ein schwüler Tag. Vielleicht würde es ein Gewitter geben. Das Wasser im gereinigten Schwimmbecken war gestern frisch eingelaufen. Schwimmen wäre heilsam für seine strapazierten Bandscheiben. Er holte Handtuch und Badehose und machte sich auf den Weg zum Swimmingpool. Nach wenigen Metern blieb er wie angewurzelt stehen: vor seinen Füßen lag, halb unter dem Haselnußgebüsch verborgen, halb in die Wegbiegung drapiert, der graue Glockenrock. Ein Stückchen weiter, schon fast am Waldrand, leuchtete die weiße Jacke aus dem Gras. Er nahm die Kleidungsstücke, schmutzig, aber unversehrt wie sie waren, an sich, trug sie abermals in die Remise, legte sie zu der grünen Bluse in der Waschmaschinentrommel und sperrte das gläserne Bullauge zu.

Es war ihm klar, daß er es nicht mit einem gewöhnlichen Dieb zu tun hatte. Das Eichhörnchen schoß ihm durch den Kopf. Aber wie sollte ein so kleines Tier so große Stoffstücke davonschleppen, und wozu? Keinem *normalen* Eichhörnchen würde das einfallen. War es aber weggelaufen und hatte in der freien Wildbahn überlebt, so mußte man Normalität unterstellen, auch wenn es bei einer Irren aufgewachsen war. Sollte es sich jedoch tatsächlich an den Kleidern vergriffen haben, warum ließ es sie dann in der Landschaft liegen? Im Schutze dieser Überlegungen verdichtete sich in ihm ein unaussprechlicher Verdacht und drängte ihm die Frage auf, was es (das Eichhörnchen) damit sagen wollte. Aber, aber, Herr Doktor, seit wann sprechen Eichhörnchen?

Es war noch heller Tag, und schon wieder erhoben sich Stimmen. Entsetzt floh er zum Swimmingpool, hechtete ins kühle Wasser, durchpflügte es mit Schmetterlingsschlägen, kraulte einige Längen, drehte sich dann auf den schmerzenden Rücken und ließ den Wolkenteppich endlos über sich hin- und herziehen. Schließlich kehrte er erschöpft, aber erleichtert, ins Haus zurück.

Inzwischen ging die Sonne unter. Er saß frisch geduscht bei einem Glas Wein und schaute in die Abenddämmerung hinaus. Seltsam, wie das schwindende Licht für eine kurze Zeitspanne die Dinge und den Abstand zwischen ihnen so plastisch hervortreten ließ. Nicht nur konnte man jedes einzelne Blatt im graugrünen Laubgefieder der Eschen von ferne deutlich unterscheiden, die Bäume schienen auch wie auseinandergerückt, und die Luft lag wie Glas in den Zwischenräumen. Im Nu wechselte der Himmel die Farbe, erstrahlte eine Weile in transparentem Ultramarin über den schwarzen Schemen der Bäume. Dann schluckte die Dunkelheit alle Differenzen. Er zog wahllos einen Band aus dem Stapel der noch ungesichteten Bücher, legte »Das Privatleben der Pilze« nach kurzem Blättern wieder beiseite und griff zum nächsten Buch: »Vergessene Gene – blockierte Codes«. Der Zellbiologe Ruprecht Muscheldrach hatte sein Werk den drei Frauen seines Lebens gewidmet: URSULA, LACERTA und ALCYONE. Abbildungen der Amöbe *Chaos chaos*, des Riesenchromosoms aus der Speicheldrüse der Zuckmückenlarve, der normalen Fruchtfliege *Drosophila* und ihrer stummelflügeligen Mutantin, metastasierender Zuckerrüben, kopulierender *Escherichia coli*-Zellen und ihres röhrenförmigen Sexualpilus, der Wunderblume *Mirabilis jalapa* und eines sich in den Bart lächelnden Alten aus Ladakh begleiteten den schwer verdaulichen Text. Immerhin war der Autor um bildliche Darstellung bemüht – die DNS-Doppelhelix schilderte er als

Wendeltreppe mit einem Zuckergeländer, den Zellkern als Kloster, in dem molekulare Mönche unablässig die Weisheit der Welt abschreiben, die beiden DNS-Stränge verglich er mit Dideldum und Dideldei, und in den Boten-Molekülen sah er zwiespältige kleine Teufel. Je länger Kiedaisch las, um so mehr fesselte ihn die Lektüre. Der Zellbiologe vertrat nämlich die These, das mannigfaltige unentschlüsselt in uns schlummernde Material könne unter Umständen wieder aktiv werden. Unser Stammbaum, der vom Reptil über das Säugetier zum äffischen Primaten reiche, sei in unseren *Sinnsträngen* festgehalten. Millionen Jahre Entwicklungsgeschichte seien in uns gespeichert, alle Codes, vom Dinosaurier bis zur Eidechse, vom Archaeopteryx bis zur Schwalbe, vom Ichthyosaurus bis zum Walfisch, seien ungenützt in der DNS enthalten. Das Auftauchen einzelner Gene aus der Versenkung sei uns als sogenannte Mißbildung vertraut, ob es sich nun um überzählige Brustwarzen handle, um Ganzkörperbehaarungen oder um rudimentäre Schwänze am Ende des Rückgrats. Nicht nur die Schwanzgene für die zusätzlichen Wirbel hätten wir alle von unseren Vorfahren geerbt, sondern auch die Gene für Schwanzwedelmuskeln. Diese Überbleibsel aus unserer Tiervergangenheit müßten nicht auf immer abgeschaltet bleiben. Das Fliegen zum Beispiel könnte sich auch beim Menschen eines Tages als Selektionsvorteil erweisen. Fünfzehn Millionen Jahre seien vergangen, seit wir uns vom Schimpansen trennten. Aber nur ein Prozent unserer Gene unterscheide sich von denen des Affen *Pan Troglodytus*. »Und welchen Anteil«, fragte Muscheldrach endlich, »haben wir erworben, seit wir uns aus dem scharfzüngigen und leicht erregbaren Spitzhörnchen entwickelten, von dem wir unsere Daumen und unser Gehirn haben?« Zum Schluß zitierte er einen Satz des Physikers Niels Bohr: »Das Erstaunen bleibt unverändert – nur unser Mut wächst, das Erstaunliche zu verstehen.« Das machte den Psychologen träumen. Die Flasche Wein war geleert. Sein Rücken schmerzte nicht mehr und er fühlte sich frei von Angst, ja beinahe beseligt, als sei plötzlich alles transparent geworden, was ihm unbegreiflich gewesen war. Er raffte sein Bettzeug auf der Liege zusammen und trug es hinauf ins Obergeschoß, in das Zimmer, in dem einst ein grüner Maschendrahtkäfig dem Eichhörnchen als Schlafplatz gedient hatte. Nun wartete nichts als ein Bett auf ihn, ein Sprungbrett in die Welt unsterblicher Moleküle.

## 9

Ergreifend nah stand sie ihm im Traum vor Augen. Ihre langen Schnurrhaare glänzten im Gegenlicht. Ein Lächeln spielte um ihren breiten Mund. Er bedauerte nur, daß sie stumm war, nichts erwiderte auf seine zärtliche Anrede. Mit federnden Sprüngen setzte er ihr auf dem Kies nach, leicht wie ein Blatt im Wind, folgte ihr über ein feuchtes weiches Moosfell eine Buche hinauf, vorbei an Efeuranken, die sich mit ihren borstigen Haftwurzeln in der blaugrauen Rinde festkrallten. In der Fülle eines unermeßlich ausgedehnten Raums stieg er schwerelos in die Höhe, dem lindgrünen flirrenden Blätterdach entgegen, das mit seinen transparenten Schuppen vor dem blendenden Licht schützte. Auf dem Wipfel des Baumes holte er sie ein. Ein Beben durchlief ihren Körper, als er sie behutsam in den seidigen Flaum ihres Nackens biß und langsam, wie unter Wasser, in sie drang. Da flog ihm ein Sandkorn ins Auge. Unter Tränen sah er die weiträumige Welt unter sich zusammenschrumpfen. Die Sonne brannte ihm auf dem Pelz und er wußte, er war allein. Die Efeuranken hatten sich vom Baum gelöst, und nichts als das hohle Abbild ihres Geäders, ihrer kleinen Krallen, war auf der Rinde zurückgeblieben.

# Der Lauscher

Nichts ist so gefährlich, wie in
sein Schicksal zu stürzen.
Lewis Carroll

# 1

Seit sieben Monaten studierte Heinrich Gmelin die melodischen Laute von Bleistiften verschiedener Härtegrade. Sein Haar wurde schon licht, aber an den Rändern seiner großen fleischigen Ohren wuchsen lange Lauschhaare. Er kannte alle Nuancen des gleichmäßig über das Papier gleitenden Graphits, alle Tonarten vom mehligen 3B über das straffe F bis zur scharfen dünnen H-Skala. Gebannt horchte er auf das kurze *tock* der Punkte, das etwas längere *tich* der Kommata und den monodischen Fluß der Sätze. Klang es nicht beinahe wie ein Summen? Wenn nur die Intervalle sich nicht ausdehnten, was sich regelmäßig durch ein langgezogenes *üitsch* ankündigte, dem ein wütendes Kritzelkrescendo folgte.

Grauenhaft still wurde es dann um Heinrich. Er ging dann wohl in die Küche, um sich einen Kaffee zu kochen. Dort blieb er so lange als möglich, in der Hoffnung, seinen Freund, den Kommunikationswissenschaftler Georg Treiber wieder über das Manuskript gebeugt am Schreibtisch zu finden, mit hurtig über das Blatt schnürendem Stift, oder bei der Gedankenarbeit im Zimmer umherwandernd, in der einen Hand eine Cellophantüte, aus der die andere Hand knisternde, raschelnde, rieselnde Näschereien schaufelte. Georg belohnte sich in den Schreibpausen mit allerlei Süßem und Salzigem, das Heinrich an vertrocknete Maden und ausgesogene Insektenleiber erinnerte: Erdnußwürmer, Popcorn und Kartoffelgekröse. Auch Gummibärchen und Marshmallows verzehrte er in großen Mengen. Diese Zumutung an seinen Verdauungstrakt versuchte er mit einer abschließenden Fuhre trockenen Weizenspreus wiedergutzumachen, die er sich direkt aus der Tüte in den Schlund schüttete. Wie leicht, dachte Heinrich, wie leicht könnte er dabei ersticken. Aber Georg hustete nicht einmal. »Ballaststoffe!«, sagte er verächtlich, spülte mit Mineralwasser nach und schrieb weiter.

An manchen Tagen aber war das Verstummen von Georgs Bleistift für Heinrich so bedrückend, daß es ihm unmöglich war, den Raum zu verlassen, ja, sich überhaupt zu erheben. Dann saß er wie gelähmt vor seinem leeren Blatt, den in Reih und Glied angeordneten frisch gespitzten Bleistiften, den Bücherbergen und Zeitungsstapeln, und blickte aus dem Fenster in den Hof auf den Müllcontainer unter der von der Pest gezeichneten Ulme.

Es wurde September, die welken Blätter der Ulme hingen nur noch vereinzelt an den Zweigen, da hatte er seine Hälfte des vom Verlag vorgeschossenen Geldes für die immer noch nicht begonnene Arbeit bereits verbraucht. Das war jedoch nicht der Grund für seine wachsende Unruhe, sein immer helleres Ohr. Er verfügte über ein festverzinsliches Erbe und mußte sich um sein Auskommen keine Sorgen machen.

Dann kam der Winter und die Blätter auf seinem

Tisch waren so weiß wie der frische Schnee, der auf den Zwillingsdeckeln des metallenen Müllschlukkers eine in der Mitte gefalzte Haube bildete. Weihnachten war vorbei, das Jahr neigte sich seinem Ende zu, Georgs Bleistift summte, und Heinrich beobachtete das Treiben im Hof.

In dem klaffenden Container stauten sich der Feiertagsmüll und immer neue Kartons, Plastiktüten und blaue Abfallsäcke wurden von den Anwohnern herbeigeschleppt. Die einen versuchten es mit Stopfen, so daß die Tütenpyramide, langsam, wie in Zeitlupe, ins Rutschen geriet und ihre Innereien in den matschigen Schnee erbrach. Andere stellten ihren Abfall umstandslos neben die Rädchen des fahrbaren Riesensargs, wohl wissend, daß die städtische Müllabfuhr ignorierte, was außerhalb des Kübels lag.

Patrizia, genannt »Pizza«, das achtjährige Mädchen aus der Wohngemeinschaft – damals gab es in jedem Haus eine WG genannte Mietervereinigung, wie es in jeder Straße eine Pizzeria gab –, führte ihren Mopshund aus. Mit straffer Leine zerrte sie ihr grunzendes Tier mit dem doppelt geringelten Schwanz am Müll vorbei, öffnete das eiserne Hoftor, an dessen Pfosten »Mao« pro forma das Bein hob, und dann entzog sich das leuchtende Signalrot ihrer pelzverbrämten Chinesenmütze, das so grausam über die Himbeerfarbe ihres wattierten Anoraks triumphierte, hinter der Brandmauer des Nebengebäudes dem Blick.

Da kam Julia um die Ecke. Die Hände in den schrägen Taschen ihrer kurzen schwarzen Jacke, kickte sie das Tor mit der Stiefelspitze auf. Die Schultern lotrecht über der langen schmalen Taille, ging sie federnd die Spur der welken Nadeln und Lamettafetzen entlang, die der durch den Schnee geschleifte Weihnachtsbaum der Familie Löschl auf dem Weg zum Müll hinterlassen hatte. Sie trug weder einen Schal, noch dämmte eine Mütze ihr üppiges pechschwarzes Haar, das sich in dichten Locken um ihren Nacken schlängelte. Vom Scheitel bis zur Sohle war alles schwarz an ihr, schwarz wie der Unheilstein, der Onyx aus Heinrichs Obeliskensammlung.

»Ich mach schon auf«, beeilte er sich zu Georg zu sagen, kaum daß Julias stürmisches Läuten einsetzte. Bevor er die Tür öffnete, blickte er durch den Spion auf seine Stieftochter. Julia fuhr sich mit ephebenhafter Grazie, die gespreizten Finger als Kamm benutzend, durch die Mähne, wobei ihr Kopf eine kleine Ellipse beschrieb, und schaute unwillig über die Verzögerung auf das Guckloch. Die zusammengewachsenen Brauen über der schmalen, am Ende leicht vorspringenden Nase verliehen ihrem kindlichen Antlitz etwas Düsteres, das der Verlorenheit ihres sanften Silberblicks widersprach. Kleine Muttermale schimmerten matt auf ihrer milchigen Haut, die so präzise die empfindsamsten Stellen ihres Gesichts markierten, als habe sie ein verliebter Maler mit der Spitze seines kleinsten Marderpinsels hingezaubert.

Eine kleine rosa Narbe am rechten Nasenflügel erinnerte an den im Internat unternommenen Versuch, mit einer Nähmaschinennadel das Loch für einen Nasenschmuck zu bohren. Bevor Julia den Spion mit dem Finger verdeckte und so die Kontemplation ihrer weichen Mädchenlippen unterbrach, streckte sie ihre lange Giraffenzunge aus dem kreisförmig zusammengezogenen Mund, so daß sich die schmale Spanne zwischen Nase und Mund affenartig dehnte.

»Na?« sagte sie, als Heinrich endlich öffnete. Es war ein so verächtliches »na?«, als habe sie ihn bei etwas Ungehörigem erwischt, und das kränkte ihn. Schließlich habe ich nichts Böses getan, rechtfertigte er sich vor einer imaginären Instanz, man wird ja noch durch den Spion gucken dürfen, um sich einen Zeugen Jehovas oder sonst einen lästigen Vertreter vom Leib zu halten.

»Eigentlich wünscht man einen guten Tag, wenn man hereinkommt«, sagte er unwirsch. So klein Julia war – ihr schwarzer Schopf reichte ihm dank der Absätze ihrer Schnürstiefelchen knapp übers Herz –, gelang es ihr doch, auf ihren Stiefvater herabzublikken, als sie an ihm vorbei in die Küche witschte.

Ein herbsüßer Duft blieb im dunklen Korridor zurück, der ihm irgendwie vertraut vorkam. Es war nicht der muffige strenge Käfiggeruch eines wilden Tieres, der ihm gemeinhin aus dem Zimmer der Pubertierenden entgegenschlug. Seit sie ins Internat ging, schien sie sich sogar die Füße zu waschen. Noch vor einem Jahr wäre das undenkbar gewesen. Da zog sie sich ihre verdreckten und bis zur Unkenntlichkeit verkrumpelten Knobelbecher mit den löchrigen Sohlen selbst im Bett nicht aus. Agnes hatte es nicht glauben wollen und weigerte sich ohnehin, den Saustall ihrer Tochter zu betreten. Erst als der Winter kam, bestand sie darauf, ihr warme Schuhe zu kaufen. Julia folgte, wider Erwarten, ohne zu murren. Sie kamen mit einem Paar modischer Stulpenstiefel aus dem Schuhgeschäft zurück, die mit ihrem à la Leopard bedruckten Plüschfutter gleichsam die Antagonisten ihrer heißgeliebten Knobelbecher darstellten.

Jeden Morgen hörte Agnes ihre Tochter »trapp-trapptrapp« im neuen Schuhwerk munter die Treppe hinabspringen und »trapp-trapp«, immer eine Stufe überspringend, am Nachmittag aus der Schule zurückkehren. Um diese Zeit war Heinrich, der sich erst gegen Mittag aus seinen Träumen zu lösen vermochte, gerade mit dem Frühstück fertig und begab sich an seinen Schreibtisch.

Eines Tages sah er Julia in ihren alten Pennerschuhen über den Hof schreiten und wunderte sich, daß sie in makellosen Stulpenstiefeln zur Tür hereinkam. Sein Verdacht bestätigte sich auf dem Weg in den Keller. In einem Hohlraum unter der Kellertreppe standen innig ineinandergelappt die Knobelbecher. Er zögerte nicht, sich diese schweißdurchtränkten verdreckten Stiefel unter die Nase zu halten, und obwohl es ihn ekelte, sog er ihren schändlich alten Schimmel- und Fäulnisgeruch mit geschlossenen Augen in sich hinein. Julialeben! Mehr hatte sie für ihn nicht übrig. Verbittert ging er in den Hof und ließ das malträtierte Leder in den Tiefen des Müllschluckers verschwinden.

»Hast du was vergessen?«, fragte Agnes, als Julia am nächsten Morgen Sturm läutete, kaum daß das »trapptrapptrapp« verklungen war.

»Hab heut Turnunterricht«, brummte sie.

Das alte Treppenhaus bebte, als sie sich, beide

Hände am Geländer, von einem Treppenabsatz zum nächsten fallen ließ.

»Du kannst doch nicht in Turnschuhen durch den Schnee laufen!«, schrie Agnes ihr hinterher. Aber sie konnte nicht nur, sie mußte. Um keinen Preis hätte sie sich vor ihren Klassenkameraden in Nobelschuhen blicken lassen.

Wenigstens einmal habe ich sie überlistet, dachte Heinrich. Plötzlich ging ihm auf, welche Duftmarke im Flur schwebte. Es war nicht das teure französische Parfum, das er ihr zu Weihnachten geschenkt hatte. Natürlich nicht! Es war die Duftmarke Walter Unertls, eines Freundes seiner Frau, der sein aufdringliches Rasierwasser in ihrem Bad stehengelassen hatte. Die Erinnerung an seinen Triumph über Julia wich einem tiefen Groll. Wütend ging er in die Küche. Dort saß sie, die Dose mit seinem Weihnachtsgebäck vor sich auf dem Tisch. Er hatte die Zimtsterne, Vanillekipferl, Bärentatzen und Haselnußmakronen in der besten Konditorei gekauft und in der Vorfreude darauf, sie allein mit der kleinen Naschkatze zu verzehren, nicht mit aufs Land genommen, wo sie zu dritt Weihnachten gefeiert hatten, sondern in einer hübschen Schachtel aus rotem Lackpapier in der Speisekammer versteckt.

Erst auf den zweiten Blick erkannte er das graue Flanellhemd, das sie trug, als das seine; sie hatte mit der Schere den Ausschnitt korrigiert und ihre kindliche Schulter ragte, weiß wie ein frisch gepelltes Ei, aus dem verrutschten Zickzackrand.

»Mama läßt fragen, ob du ihre Bilder schon zum Rahmen gebracht hast?«, hörte er Julia wie in weiter

Ferne mit vollen Backen nuscheln. Das süße Aroma des Gebäcks mischte sich widerwärtig mit dem synthetischen Moschusduft des Rasierwassers. Er hätte sagen wollen: »Man spricht nicht mit vollem Mund!«, aber der Brechreiz hinderte ihn daran. Wortlos verließ er die Küche.

Er wußte, daß sie wußte, er würde ihr alles geben, Süßigkeiten, Unterhemden, Duftwasser, was immer sie begehrte. Aber sie, sie nahm es sich einfach, ohne auch nur zu fragen. Feindselig und undankbar vom Scheitel bis zur Sohle. Ja, wahrhaftig, hatte sie nicht sogar die eigenen Füße mißhandelt, um sich vor ihm im Gestank zu verschanzen? Er dachte an ihren weichen kleinen Fuß mit dem rosa Ballen und stellte sich vor, ihn zu umfangen wie einen jungen Vogel. Seine Hände zitterten, als er Agnes' Bilder verpackte. Er deponierte sie in einer riesigen Plastiktüte der Spielwarenfirma »Obolus« an der Wohnungstür, um nicht zu vergessen, daß sie gleich nach Silvester gerahmt werden sollten.

## 2

Das Rahmen von Agnes' Bildern gehörte zu Heinrichs Aufgaben, seit sie vor drei Jahren geheiratet hatten. Einige Monate heimlicher Liebschaft und ein Jahr wilder Ehe waren ihrer Heirat vorausgegangen. Erst durch den Tod des Kunsthändlers Jakob Schlefeld, Agnes' erstem Mann, hatte das heimliche Versteckspiel ein jähes Ende gefunden. Damals war Julia zehn Jahre alt. Schlefeld hatte das auf einem bewaldeten Hügel oberhalb von Flammbach gelegene alte Austragshaus nach langer Suche und zähen Verhandlungen mit den bäuerlichen Besitzern erstanden, liebevoll restauriert und eingerichtet und nach der ersten Nacht, die er glücklich mit Frau und Tochter darin verbrachte, schnürte ihm eine Asthmaattacke im Morgengrauen endgültig die Lunge zu. Der regelmäßige Turnus, in dem der Tod in Agnes' Leben auftauchte wie der Sensenmann in einem alten Glockenspiel, hatte etwas Unheimliches, wie auch die Wiederkehr bestimmter Konstellationen ihrer Vorgeschichte.

Ihre Mutter hatte sich aus Liebe zu einem Maler von dem Vater ihrer beiden Kinder getrennt. Sie arbeitete als Fotografin, um für den brotlosen Künstler zu sorgen, der, tagaus, tagein, Bilder »meditierte«, bevor er das abstrakte Ergebnis in einem Zug auf die Leinwand warf. Während seiner Meditation war absolute Stille geboten, und selbstverständlich duldete er beim Malen keinerlei Lärmbelästigung. Agnes und ihrer älteren Schwester Iris war der verständnislose Stiefvater aus tiefstem Herzen verhaßt. Meditationen! Er bohrte doch nur vor sich hinstarrend in der Nase und schmierte die Popel auf die Sessellehne! Auch während der Mahlzeiten zum Schweigen verurteilt, malten sie sich aus, wie sie ihn mit Terpentin vergiften könnten, oder sie planten, auf einem Floß die Isar und Donau hinunter ins ferne Österreich zu fliehen. Es kam jedoch nicht zum Terpentinanschlag, und auch die Flucht erübrigte sich, denn der Maler machte sich eines schönen Tages mit der jungen Fotoassistentin der Mutter aus dem Staub. Die Zeiten hatten sich geändert. Seine abstrakten Schinken schmückten bald den Konferenzraum einer Bank, die Empfangshalle eines Hotels, die Assistentin tat ein übriges, und so lebte er zufrieden bis ans Ende seiner Tage, wo er die alte Assistentin gegen eine junge Krankenschwester austauschte, denn er war inzwischen etwas gebrechlich geworden. Zu diesem Zeitpunkt war der Kadaver der Frau, die einmal Garant seiner Meditationen gewesen war, hinter der kalkgetünchten Mauer des kleinen Wolfratshauser Friedhofs, längst zu Erde geworden. Agnes' Mutter hatte sich bald nach der Trennung das Leben genommen. Iris wählte sieben Jahre später den gleichen gewaltsamen Tod.

Agnes war neunzehn, als sie Jakob Schlefeld, den Ehemann einer erfolgreichen Fotografin kennenlernte, bei der sie seit kurzem in die Lehre ging. Das Ehepaar hatte zwei Kinder, Sohn und Tochter, die nach der Scheidung bei der Mutter blieben, die nicht den Freitod wählte. Vielmehr gelang es ihr, einen gigantischen Fotoapparat zu entwickeln, mit dem sie prominente Münchner in Lebensgröße ablichten konnte. So heiratete die zwanzigjährige Agnes den potentiellen Bösewicht, der allerdings den Vorteil hatte, mit Bildern zu handeln. Das Malen besorgte sie selbst.

Ihre Bilder waren nicht abstrakt, sie waren aber auch nicht wirklich gegenständlich, noch eigentlich expressionistisch, sie waren das Ergebnis dessen, was man, in Anlehnung an den damals kursierenden Begriff der Denkgewohnheit, Malgewohnheit nennen könnte. So malte man eben in dieser Zeit, und man malte viel. Nicht nur die zahllosen männlichen Genies, sondern auch und vor allem die Frauen lebten nach der Devise: »Ich male, also bin ich!« So hatte auch Agnes die Fotografie fallengelassen und zum Pinsel gegriffen. In ihrer ersten Phase malte sie, ohne auch nur ein einziges Mal aufzublicken, jeden Tag ein Wolkenbild. Graublaue und blaugrüne, seltsam fade Himmel, mit mehr Terpentin als Öl auf die Leinwand gebracht. Im Vergleich zu ihren späteren Riesenformaten waren diese Bilder klein.

Die erste Begegnung von Heinrich und Agnes fand unter etwas merkwürdigen Vorzeichen statt. Agnes kam von der Eröffnung ihrer zweiten Ausstellung im Verein der Schönen Künste in Bayreuth. Das war in ihrer Wolkenphase. Sie hatte die Nacht in einem jener Hotels verbracht, die hinter einer denkmalgeschützten Fassade mit einem vollständig entkernten Inneren aufwarten, das sich einzig durch seine Teppichböden von einem modernen Krankenhaustrakt unterscheidet. Entsprechend früh wachte sie auf. Das übliche Bulimie-Buffet stand im Frühstücksraum zur Selbstbedienung bereit. Sie zog es vor, sich die Anorexie-Variante aufs Zimmer zu bestellen. Von der himbeerrosa Schinkencreme im Liliputdöschen über die verschiedenfarbigen Konfitüren bis zum Brot, alles war vakuumverpackt. Mißmutig goß sie das lauwarme Wasser über den Teebeutel, konnte sich aber nicht entschließen, die braune Brühe mit den Spülichtaugen zu trinken. Schließlich ging sie eine Stunde zu früh auf ihren Stöckelschuhen durch den strömenden Regen zum nahen Bahnhof. Nachdem sie sich auf der Ankunfts- wie auf der Abfahrtstafel vergewissert hatte, daß ihr Zug um 9 Uhr 37 eintreffen und drei Minuten später nach Nürnberg weiterfahren würde, setzte sie sich auf eine der hölzernen Bänke des überdachten Bahnsteigs, für den ihr Zug angekündigt war.

Die einzige Lektüre, die sie bei sich trug, war der Katalog ihrer Ausstellung. Sie kannte den Text der Einführung fast auswendig, wiewohl er ihr unverständlich war, und las ihn nun abermals aus schierer Verlegenheit. Der Autor, Kunsthistoriker und Museumsdirektor, lobte ihre »rembrandeske Pinselführung, die geheimnisvolle Schemenhaftigkeit ihrer Wolkengebilde, die drastisch-plastische Monumentalisierung von Gesamt- und Binnenform. Es hat etwas Seltsames«, behauptete er, »daß Fremde und Fremdheit hier die Unendlichkeit als Endlichkeit erscheinen lassen. Die Bilder der Agnes Schlefeld sind begrenzend unbegrenzt, offen in der Fläche nach oben und nach unten, zu den Seiten ohnehin. Es sind dicht herangeholte Himmelsabschnitte, und doch zugleich unendlich typisch für das Ganze, das als ›allover‹ gelten kann. Diese Form der Auseinandersetzung mit sich selbst«, folgert er zum Schluß, »die zu den Wurzeln der Moderne reicht, ist Ausdruck ästhetischer Autonomie.«

Gelangweilt blätterte sie den Katalog durch. Auf den stark verkleinerten Farbreproduktionen sahen ihre Bilder fast so aus, wie sie sie sich wünschte. Was zum Kuckuck meint er mit »allover«, überlegte sie und gähnte ausgiebig, ohne die Hand vor den Mund zu halten, da sie sich unbeobachtet glaubte. Als sie die Augen wieder öffnete, bemerkte sie einen Herrn in einem pelzgefütterten Popelinemantel mit Schulterklappen auf der Nebenbank, der seinen Blick nicht von ihrem Dekolleté losreißen konnte, das ihre aufgesprungene Silberfuchsjacke freigab. Der Busen war das einzige Disproportionierte ihrer ansonsten eher schlanken Gestalt. Sie schloß die Jacke, aber der Mann starrte weiter auf den gleichen Punkt, als könne er die ersehnten Brüste mit seinem Blick wieder hervorzaubern. Da er ihren Blick als Aufforderung interpretierte und Anstalten machte, sich ihr zu nähern, floh sie in die Bahnhofshalle.

Unendlich langsam rückte der Zeiger der Bahnhofsuhr mit einem trockenen Ruck Minute für Minute vor. Sie schaute erneut auf den gelben Fahrplan, als könnten sich die Abfahrtszeiten inzwischen geändert haben. 9 Uhr 47 geht der Zug nach Nürnberg, das wußte sie doch längst. Um 9 Uhr 41 ging sie zum Bahnsteig, in der richtigen Annahme, daß der Zug schon eingetroffen war, und konnte es nicht fassen, solange gewartet zu haben, um ihn schließlich zu verpassen. Eine Frauenstimme, grau wie der Tag, hatte einen Zug angekündigt, aber das Wort Nürnberg war nicht in ihr Ohr gedrungen. Jakob wollte sie mit Julia am Bahnhof abholen! In Panik rannte sie zur Zugauskunft. Nein, es wäre nicht möglich, mit dem nächsten Zug den Anschluß in Nürnberg zu erwischen. Gibt es hier keine Taxis? Mit einem Grinsen wies der Beamte auf den Ausgang, und schon flog sie mit wehendem Rock davon. Der Taxifahrer glaubte nicht, die zehn Minuten Vorsprung des Zuges bis zur nächsten Station einholen zu können. Darum stimmte sie zu, für zweihundert Mark auf der Autobahn zum Nürnberger Bahnhof chauffiert zu werden. »Wenn nichts dazwischenkommt, ist das leicht zu schaffen«, meinte der Taxifahrer und stellte den Zähler ab.

Sie sah nicht die auberginefarbenen Töne der winterlichen Landschaft hinter den regennassen Scheiben, sie hielt den Blick wie gebannt auf die Zeiger der im Armaturenbrett eingebauten Uhr geheftet. Ein rotes Lämpchen zeigte an, daß die Benzinreserve zur Neige ging. Ungeduldig verfolgte sie, wie der Taxifahrer bei der nächsten Tankstelle in aller Seelenruhe zwanzig Liter Benzin von der Säule zapfte. »Für mehr reicht die Zeit nicht«, grummelte er, als er sich wieder ans Steuer setzte. Es regnete unentwegt. Als sie endlich das Zentrum von Nürnberg erreicht hatten, bemerkte Agnes an einer roten Ampel einen heftig gestikulierenden Fahrer in einem neben ihnen haltenden Taxi. Er hatte die Augen weit aufgerissen und deutete mit dem Zeigefinger in ihrer Richtung nach unten. Sie interpretierte das als Hinweis auf einen Platten, aber als sie am Bahnhof die Tür öffnete, mußte sie feststellen, daß sie ihren Rock eingeklemmt und als flatternde Fahne über die Autobahn geschleift hatte. Sie wollte aussteigen, war aber noch angeschnallt. »Immer schön langsam, junge Frau!«, versuchte der Taxifahrer sie zu beruhigen, löste den Gurt und kam nicht mehr dazu, seinen Gruß zu landen. Es blieben noch vier Minuten bis zur Abfahrt des Intercity nach München. In diesem Zug saß Heinrich, und er sollte ihr nicht entgehen. Als sie in letzter Minute einstieg, blieb sie mit dem Absatz im Trittbrett hängen. In ihrer Angst, den Zug abermals zu versäumen, ließ sie den Schuh fahren und schlug die Tür hinter sich zu.

Heinrich saß im Abteil, die aufgeschlagene Broschüre »Reziprozität von Außenkommunikation und Binnenkommunikation« in der Hand, über der er eingeschlafen war. Er kam von einer Tagung zum Thema »Probleme grenzüberschreitender Satellitenprogramme«, an der er mit Georg Treiber teilgenommen hatte, der anschließend nach Bonn gefahren war, um neue Aufträge zu aquirieren. Ohne das dröhnende Gelächter und die sarkastischen Bemerkungen seines Freundes hätte sich Heinrich in der Gesellschaft agiler Kommunikationsforscher ziemlich deplaziert gefühlt. »Das kontinuierliche Tagungswesen dieser Durchlauferhitzer soll doch nur über die Nichtigkeit ihrer Forschung hinwegtäuschen«, dieser Satz von Georg verschmolz mit den Geräuschen des Zuges zu einem seltsamen Traum. Als er erwachte, saß vor ihm eine rothaarige Frau (wahrscheinlich gefärbt, dachte er zu Recht), in einem schwarzen Kleid mit einem Dekolleté, in das er um so tieferen Einblick nehmen konnte, als sie gerade dabei war, den Saum ihres Rockes auszuwringen. Die schweren, eng gegeneinandergepreßten Brüste wirkten auf ihn, als habe man dem armen Wesen versehentlich den Körperteil, der sonst viel tiefer am Rücken sitzt, unter den Hals geschoben. Von diesem Gedanken peinlich berührt, verfolgte er, wie sie ungeniert die braune Brühe aus dem zu einem Stoffhorn zusammengezwirbelten Rockzipfel auf den Boden laufen ließ. Ihr beschuhter rechter Fuß neben der Lache trug auf dem Spann den unbeschuhten linken, der sich in seinem durchsichtigen Strumpf sehr verwaist ausnahm.

Nachdem sie ihren Rock wieder glattgestrichen hatte und unschlüssig darüber, wie sie sich ihre Hände trocknen sollte, die häßlichen beigefarbenen Fenstervorhänge in Augenschein nahm, fing sie den neugierigen Blick aus Heinrichs blauen Augen auf.

»Kann ich Ihnen mit einem Taschentuch aushelfen?« Was er ihr hinhielt, war so sorgfältig zusammengefaltet, wie es ein benutztes Schnupftuch nur irgend sein kann. Etwas befremdet über die Intimität seines Angebots, nahm sie das rote Bündel zögernd entgegen, das sich in seiner Hosentasche der Körpertemperatur angeglichen hatte.

»Wie aufmerksam, es anzuwärmen«, sagte sie mit einem Lachen, das ihre schönen Schneidezähne entblößte, die fächerförmig um eine winzige Lücke in ihrer Mitte angeordnet waren. Sie tupfte ihre Hände trocken, reichte ihm sein angefeuchtetes Bündel zurück und schaute ratlos auf ihren unbeschuhten Fuß.

»Ich habe ihn verloren«, seufzte sie.

»War es ein sehr naher Angehöriger?«

»So nah ein Schuh einem eben geht«, erwiderte sie, ohne eine Miene zu verziehen, und streckte ihm ihren Fuß mit dem verbliebenen Lackschuh zur Ansicht entgegen.

»Es ist doch wirklich zu dumm, was mache ich jetzt mit einem einzelnen Schuh?«

Heinrich betrachtete den spitzen schwarzen Absatz mit zwiespältigen Gefühlen, zog sein Taschentuch hervor, entfaltete es zur Gänze, schüttelte es aus, nahm die Mitte des Riesentuchs zwischen Daumen und Zeigefinger, setzte es an die Nase, rüttelte sie so heftig hin und her, als wolle er sie unter lauten Trompetenstößen aus den Angeln heben, betrachtete kurz das Ergebnis und wickelte endlich das Tuch wieder liebevoll in kreuzweisen Lagen um seinen neugeborenen Mittelpunkt.

Agnes glaubte, er habe ihre Frage längst vergessen. Allein, als die Nase wieder im Gesicht und das Bündel wieder in der Tasche war, blieb Heinrich die Antwort nicht schuldig: »Am besten schmeißen Sie ihn weg«, sagte er in dem ihm eigenen trockenen Ton, »der Absatz ist sowieso unmöglich...« – »Was soll daran unmöglich sein«, unterbrach sie ihn empört, »ich sammle Schuhe, und ich kann Ihnen versichern, es gibt...« – »Ein Absatz«, fuhr er unbeirrt fort, »sollte niemals so eckig sein und sich nach unten so verjüngen wie ... wie« – »Wie was?« – »Wie ein seiner pyramidenförmigen Spitze beraubter Obelisk.«

Der Zug war in Ingolstadt angekommen, als Heinrich seinen Exkurs über die paarweise angeordneten Obelisken ägyptischer Sonnentempel beendet hatte. Als der Zug in München einfuhr, hatte er ihren Katalog studiert und abfällig kommentiert, was sie viel gelassener hingenommen hatte als die Kritik an ihrem Schuh. »Man malt doch nicht, was man sieht, man malt, was man fühlt!«, hatte sie auf seinen Vorwurf erwidert, daß es nicht nur eine Sorte Wolken gebe und selbst diese niemals so schematisch seien. Sie humpelte hinter ihm durch den Gang zur Plattform, wo er ihr seine Aktentasche in die Hand drückte, ausstieg und sie wie ein Kind zu sich herabhob. Da stand sie wie ein Storch auf einem Bein und schaute ihn aus ihren schräg geschnittenen braunen Augen so herausfordernd an, daß er sie mit einer ihm selbst ganz fremden Entschlossenheit packte und auf den Armen durch das Bahnhofsgetümmel trug. Er fand sie schwerer, als er erwartet hatte, weshalb ihm der warme weiche Kuß, den sie unter sein Ohrläppchen drückte, erst zum Bewußtsein kam, als er sich spät in der Nacht schlafen legte und die Bilder des Tages an ihm vorüberzogen. Hübsch, die kleine Lükke im elfenbeinernen Fächer hinter dem nicht zu großen Mund. Legt beim Lachen das Zahnfleisch bloß. Warmer, feuchter Kuß mit kalter Nasenspitze. Im fahlen Licht der Bahnhofshalle war ihre Haut sehr bleich, leichenhaft. Schrecklicher Gedanke, daß die Haare am Leichnam weiterwachsen. Dem Teint nach dunkelblond, etwas heller als die Augenbrauen. Etwa schulterlang, wenn sie nicht hochgesteckt sind. Riecht ein bißchen verschwitzelt. Gespenstische Brüste. Wie Kinderköpfe. Zusammengepfercht. Spalt wäre noch zuviel gesagt, Busenenge, heiß und immer etwas feucht ... abscheuliche Vorstellung, vor ihren Augen. Seltsamer Blick, so verschwommen. Trägt Kontaktlinsen, wahrscheinlich weitsichtig, den Bildern nach zu urteilen. Malt, was sie fühlt. Du meine Güte! Kann nicht weit her sein. Abscheulich breiter Gürtel mit einer monströsen Schnalle. Ineinandergeschobene Gepäckwagen, aneinandergestöpselt, früher war das umsonst. Surrende Elektrokarren. Johlende Passanten: »Jo, gibt's des ah no?« Ein verwunderter Gatte, um die Fünfzig, fast faltenlos, aber etwas aufgeschwemmt, und eine bezaubernde Tochter am Ende des Bahnsteigs. Wie nennt sich das eigentlich, bei einem Kopfbahnhof, quer zu den Gleisen? Querbahnsteig vielleicht ... ist ja auch egal ...

Querkopfsteig, Unsinn … Kopfgleis … Gleiskörper … Julia, schöner Name eigentlich … Ju..li..ja, aber was für ein feindseliger Blick! Auf der willenlosen Schwelle des Schlafs schien es Heinrich, als blikke er durch die schwarzen Augen der Neunjährigen in einen schwindelerregenden Abgrund.

## 3

Drei Monate waren vergangen seit Heinrichs erster Begegnung mit Julia am Kopfbahnsteig, drei Monate, in denen er häufig bei Schlefelds zu Gast gewesen war. Je öfter er in die Ohmstraße kam, desto unüberwindlicher schien ihm die Ablehnung des Kindes. Kein Geschenk, keine Aufmerksamkeit und Zuwendung vermochte die düstere Miene aufzuhellen, die Julia für ihn parat hatte. Er war und blieb in den Augen des Kindes der lächerliche Fremde, der mit der Mutter auf dem Arm dahergekommen war und sich nun anmaßte, ein Freund der Familie zu sein. Auch täuschte sich Agnes, wenn sie glaubte, es sei der Tochter entgangen, daß es einen Zusammenhang gab zwischen den Einkaufsreisen des Vaters und den Besuchen des Störenfrieds, den sie insgeheim schlicht den *Blödmann* nannte. Immer kam er mit altem Spielzeug an, lauter zerbrechlichen Kostbarkeiten, die vor allem die Mutter entzückten. Wieso nannte es sich überhaupt Spielzeug, wenn man nicht damit spielen konnte, weil es entzweizugehen drohte? Die endlosen Erklärungen waren langweilig wie Schulunterricht und wurden immer länger, je deutlicher Heinrich spürte, daß er nicht zu fesseln vermochte. Am unangenehmsten waren Julia seine flehentlichen Blicke, denen sie nach Möglichkeit auswich, und gänzlich unerträglich fand sie Sätze wie: »Na, du bist mir so eine!«, die er kopfschüttelnd von sich gab, wenn sie bei Tisch etwa krähte, sie möge vom Spargel nur die Spitzen.

»Was meinte der Blödmann damit?«

»Er wollte damit sagen, daß du ein verwöhntes Balg bist«, gab ihr die Mutter zu verstehen.

»Warum sagt er es dann nicht?«

»Er hat es eben vorsichtig ausgedrückt.«

Vorsichtig nennt sie das! Angewidert verfolgte sie, wie der Gast nach dem Essen seine Zigarette der Länge nach ableckte, bevor er sie anzündete.

»Der tickt doch nicht richtig«, rief sie aus, als sie es zum erstenmal sah, und bereute es sofort. Ihre Bemerkung hatte eine lange Erklärung über die Herstellung und Lagerung von Zigaretten, ihre Trockenheit und ihren Geschmack zur Folge.

Julias Aversion wurde mit der Zeit so heftig, daß Agnes Heinrich bat, seine Besuche am Nachmittag einzustellen und nur noch zu kommen, wenn sie in der Schule war. Das stellte ihn vor die unlösbare Aufgabe, seine innere Zeit mit der Uhrzeit zu synchronisieren. Fast immer kam er um Stunden zu spät, so daß Julia immer wieder mit ihm zusammenstieß. Schon an der Tür war der Mutter anzumerken, wenn *er* da war. Die bleichen Felder um ihre Augen hoben sich wie weiße Schmetterlinge von ihrem glühenden Gesicht ab. Im Halbdunkel des Korridors schimmerten ihre großen Pupillen wie metallene Murmeln.

Ihre Stimme war tiefer und weicher als sonst: »Ach, dabistujaschon ... komm nur rein, wir haben Besuch.« Wir!

War sie aber allein und ihre Stimme verschnupft, dann genügte ein Blick auf die geröteten Augen, die geschwollenen Lider, um zu wissen, daß sie geweint hatte und daß *er* schuld daran war. Julias Erfahrungen als Opfer gingen auf Kindergartentage zurück. Damals übten sich die *Leitkinder* vor den Augen vergeblich räsonierender *Bezugspersonen* im Drangsalieren Schwächerer. Zu den ausgefeiltesten Techniken hatte das Stopfen mit eingeweichten Marshmallows gehört, die, auf einem Heizkörper auf das fünffache Volumen gebracht, dem auf einem Stuhl festgeklebten Opfer ins gewaltsam geöffnete Maul gepreßt wurden. Irgendwie erinnerten Julia die geschwollenen Lider ihrer Mutter an gedunsene Marshmallows. Sie versuchte sich vorzustellen, womit der Unhold sie quälte. Allmählich begriff sie jedoch, daß die Tränen nicht auf die Anwesenheit eines Peinigers, sondern auf seine Abwesenheit zurückzuführen waren.

Heinrich ließ Agnes stundenlang warten. Für kurze Zeitspannen gelang es ihr, in die Arbeit zu fliehen. Indessen wurden die Formate ihrer Bilder immer größer und zwangen sie, sich eines anderen Mediums zu bedienen. Es machte sie nervös, länger als drei Tage an ein und demselben Bild zu malen. In ihrer Wolkenphase war sie dem Zeitproblem der langsam trocknenden Ölfarbe durch exzessiven Gebrauch von Terpentin entronnen. Es war unmöglich, sich den giftigen Dünsten solcher Terpentinmengen auszusetzen, wie ihre nunmehr mannshohen Leinwände schlucken würden, und so stieg sie auf die schnellen Acrylfarben um. Das Sujet der flüchtigen Himmel hatte sich erschöpft, verschwommene Konturen und pastellfarbene Töne wichen hartumrissenen düsteren Gestalten, flachbrüstigen Teufelinnen mit hochhackigen Schuhen vor grellen Hintergründen, die von fliegenden Marterwerkzeugen durchkreuzt wurden.

Eines schönen Tages im Frühsommer beschloß Agnes mal wieder nach vergeblichem Warten über die endlos sich hinziehenden Stunden eines Vormittags und dem mikroerwärmten Tiefkühlmahl mit Julia (guck mal Mama, wie schön wieder die Fischstäbchen springen!), Heinrich nie mehr eine Träne nachzuweinen, und stürzte sich in die Arbeit. Als sie spürte, daß ihre Aufmerksamkeit nachließ, tauschte sie den Pinsel gegen den Spachtel aus, drückte lange Tubenwürste auf die Leinwand und preßte sie glatt. Aber die Wut und die Verzweiflung wollten keinem Spachteltrick weichen. Sie schmiß den Spachtel hin und versuchte sich ihrer von bunten Farben starrenden Schürze zu entledigen. Das verkrustete Band, das sie sich mehrmals um den Bauch gewickelt hatte, wollte sich nicht entknoten lassen. Bloß weg hier, dachte sie, während ihr die ersten Tränen an der Nase entlang in den Mund liefen. Entschlossen griff sie zur Schere.

Derweil studierte Julia in ihrem Zimmer bunte Bilder aus der Welt der Enten, Gänse, Schweine und Mäuse. Es war ein heißer Tag. Ihres Kleides hatte sie sich gleich nach dem Mittagessen entledigt, und so lag sie bäuchlings auf dem Teppichboden, fuhr ab und zu mit dem Finger den Rand ihres Schlüpfers entlang, um ihn aus der kleinen Versenkung zu holen und entzifferte Sprechblasen. *Wuuummm*, fiel die Tür ins Schloß. Sagt nicht mal Bescheid, rennt wahrscheinlich dem Blödmann hinterher. Echt bescheuert. Ohne die Lektüre zu unterbrechen, drehte sie sich auf den Rücken, zog die lästige Hose aus und legte sich wieder auf den Bauch.

Es waren keine fünf Minuten vergangen, als es klingelte. Scheiße, kann man nicht mal in Ruhe lesen? Das ist doch zum Mäuse melken, wahrscheinlich hat sie in der Eile den Schlüssel vergessen. Typisch. Mißmutig angelte sie sich aus einem der umliegenden Kleiderknäuel ein Hemd, suchte schimpfend nach der Unterhose, die sie beim Ausziehen mit dem Fuß durchs Zimmer geschleudert hatte, und zog schließlich eine frische aus dem offenen Maul der Kommodenschublade. Immer mit der Ruhe, ich hab's nicht eilig. Komisch, daß es kein zweites Mal klingelte. Vielleicht war es ja auch nur der Eilbote, obwohl dieser versiffte Typ ja immer mindestens dreimal läutete. Leider war der Spion noch unerreichbar. Neugierig öffnete sie die Tür. Der Blödmann, ausgerechnet!

»Tja, da kommst du wohl zu spät«, sagte sie mit hörbarer Genugtuung, »sie ist *leider* nicht mehr da!« (langsames, nachhaltiges Kopfschütteln, wonniger Singsang).

Sie wollte die Tür wieder schließen, aber schon hatte er sich in den Flur gemogelt.

»Wenn du erlaubst, werde ich hier auf sie warten,

sie kann ja nicht weit sein, wir waren nämlich verabredet.«

Wenn du erlaubst! So redete er immer, nicht zum Aushalten, dieser Blödmann.

»Mir kann es ja egal sein«, sagte sie laut, »ich mach die Fliege, ich«, fügte sie vorsichtshalber hinzu, um ihre Comiclektüre nicht zu gefährden, »ich muß nämlich Schulaufgaben machen« (Betonung auf nämlich, ohne Melodie).

Er hatte keine Gelegenheit zu antworten. Mit einem kurzen hellen *klack* fiel die Tür hinter ihr zu. *Uff*, das wäre geschafft. Sie schnappte sich den Comic aus dem Tohuwabohu aus Kleidungsstücken, Spielzeug und Naschwerk, schaufelte einen Platz vor dem Tisch frei, den sie durch Kippen von seiner Malstift-, Papier- und Puzzlelast befreite, und machte es sich auf einem wiederaufgerichteten Stuhl bequem, indem sie sich auf die Sitzfläche kniete. Aber irgend etwas stimmte nicht. Irgendwie war ihr unbehaglich. Womöglich guckte er durchs Schlüsselloch? Für alle Fälle holte sie ein Schulheft aus dem Ranzen. Falls er ins Zimmer käme, würde sie es schnell über den Comic legen. So hockte sie mit dem Rücken zur Tür am Tisch, den Ellbogen aufgestützt, die Schläfe am Handteller, und war bald so vertieft in die Abenteuer dreier kleiner Enten, daß sie weder Heinrichs zögerndes Klopfen hörte, noch wie er behutsam die Tür öffnete. Erst als er sich räusperte, zog sie hastig das Schulheft über die Bildgeschichte, schlug eine beschriebene Seite auf und stellte fest, daß sie gar keinen Stift zur Hand hatte. Erneutes Räuspern. Sie wandte sich nicht um, hielt mit einer Hand das Heft aufgeschlagen und zwirbelte mit der anderen eine Haarsträhne um den Finger.

»Is'n los«, maulte sie, »ich hab doch gesagt, ich mach Schulaufgaben.«

»Vielleicht kann ich dir helfen?«

Seine Stimme war belegt und klang merkwürdig tonlos. Noch bevor sie etwas erwidern konnte, beugte er sich zu ihr herab und begann ganz nah an ihrem Ohr zu lesen, was sie am Vortag in ihr Heft geschrieben hatte: »›Das Schif‹«, sie spürte, wie sich eine große warme Hand auf ihren Rücken legte, »mit zwei f schreibt man das«, ein sanfter Finger zeichnete eine kleine Kurve in den hellen Flaum zwischen ihre Schulterblätter, fuhr über das Hemd hinweg das Rückgrat entlag und brachte auf dem Rückweg knapp über der Taille den Querstrich an, »›fet auf dem Wasser‹, fährt soll das wohl heißen, fährt mit h und r«, wieder zeichnete die Hand die fehlenden Buchstaben auf ihren Rücken; beim langen Strich des h verirrte sie sich bis hinab zu den Füßen, die mit ihren isabellfarbenen Sohlen unter der weißen Unterhose hervorlugten, verweilte dort streichelnd, bis ein schwaches »hee, laß das!« ihr Einhalt gebot, und folgte dann dem gedachten Buchstaben weiter im Bogen über die linke Backe, haarscharf an dem Spalt entlang, der sie von der anderen Backe trennte, auf deren Wölbung das r plaziert wurde. Endlich gelang es Julia, sich aus der Starre zu lösen, die diese buchstäbliche Zärtlichkeit hervorgerufen hatte, und sofort zog sich der weiche Griffel zurück. »›Damit der mensch nich naß wird‹, da fehlt ein t«, sagte der Unhold leise und richtete sich auf. Da wandte sie sich ihm zu.

Er stand da, als habe er einen Stock verschluckt, die Augen flehentlich auf sie gerichtet, und konnte doch nicht verhindern, daß sie den Blick senkte und sah, wie seine weite weiße Leinenhose sich wölbte. Es gelang ihr nicht, in dieser monströsen Beule das Phänomen wiederzuerkennen, das ihr sowohl vom Aufklärungsunterricht als auch von Spielen mit gleichaltrigen Knaben vertraut war. Etwas Bedrohliches ging davon aus, wie von einer ansteckenden Krankheit. Wie gebannt starrte sie darauf. Dann war er plötzlich aus dem Zimmer verschwunden, und es schien ihr, als erwache sie aus einem bösen Traum.

In der darauffolgenden Woche saßen Mutter und Tochter beim Frühstück – der Vater war mit der Renovierung des Flammbacher Hauses beschäftigt. Agnes war auffallend guter Dinge, Julia hingegen ausgesprochen übellaunig. Ihr frisch gestrichener Toast fiel mit seinem Nußkremgesicht auf den Boden, und sie bestand darauf, ihn einfach mit einer neuen Schicht zuzukleistern.

»Pfui Teufel, mit all den Flusen, wie kannst du nur so was essen?«

Grimmiges Schweigen.

»Ein herrlicher Tag heute, wie lange hast du denn Unterricht?«

Keine Antwort. Leckt gerade Finger für Finger den süßen Kleister ab, die langen Locken geraten dazwischen, werden ebenfalls abgeleckt.

»Hee, hörst du nicht, ich hab dich was gefragt?«

»Weiß ich doch nicht, vielleicht kriegen wir hitzefrei!«

Aus der kleinen Schrecksekunde las sie, daß der Eindringling ins Haus stand.

Der Weg zur Schule war kurz, aber die Zeit bis zur großen Pause zog sich hin wie Kaugummi. Als endlich die schrille Pausenklingel durch Flure und Klassenräume gellte, und sich der Strom der Schüler in den Hof ergoß, ließ sie sich die Treppe hinab mittreiben, scherte dann aus und rannte blindlings nach Hause.

Agnes' fiebriges Gesicht bestätigte ihren Verdacht, aber es war von keinem Besuch die Rede, und *er* war auch nirgends zu sehen.

»Ach, duuu bist es schon ... also wirklich, ich muß schon sagen, die Lehrer sind wirklich ein faules Pack!«

Julia wich ihrem Begrüßungskuß aus, so daß nur ein heißer Hauch ihre Schläfe streifte.

»Quatsch, wir haben gar nicht hitzefrei«, rief sie empört und wechselte unvermittelt vom forte zum piano einer Schwerkranken:

»Mir ist so schlecht, Mama, ich dachte, ich muß kotzen.«

»Was ist denn bloß, vielleicht ist dir das Frühstück nicht bekommen? Sind's die Flusen oder Flausen?«

»Ich bin krank, und du machst blöde Witze!«

»Na komm, mein Schatz, ich bring dich ins Bett und les' dir ein Märchen vor!«

Agnes legte ihren Arm um sie und wollte sie in ihr Zimmer bugsieren. Unwillkürlich drängte Julia in die entgegengesetzte Richtung:

»Ich will aber nicht in mein Zimmer« (forte), »ich will in dein Bett« (piano).

Agnes blieb einen Augenblick wie angewurzelt stehen, dann folgte sie der Tochter ins eheliche Schlafzimmer.

Die Federbetten lagen wie gestrandete Wale am Boden. Eine Flasche Witwenchampagner trauerte vor zwei leeren Kelchgläsern auf dem Nachttisch, zwei Kopfkissen gaben sich am Fußende des Bettes mit einer Pralinenschachtel ein Stelldichein.

»Schokoladenpralinés!«, begeistert stürzte sich Julia auf die angebrochene Schachtel, stopfte ein Krokantschiff in die eine Backe, eine Nougatkugel in die andere, streifte ihre Sandalen ab und sprang aufs Bett. Aus Agnes' Gesicht war alle Farbe gewichen.

»Ich denke, dir ist schlecht? Schmier bitte nicht das ganze Laken voll ... willst du wohl aufhören, das Bett als Trampolin zu benutzen! Julia! Komm sofort runter und heb die Papiere und die Schachtel wieder auf!«

Aber Julia dachte gar nicht daran. In der Spiegelflucht der teils angelehnten, teils offenstehenden Türen des Wandschranks verlor sich das Bild des hüpfenden Kindes und seiner ratlosen Mutter im Unendlichen. Die Tür zur Schuhkammer – dem ehemaligen Ankleidezimmer, das bis unter die Decke mit Agnes' Sammlung vollgestopft war –, hatte Heinrich von innen verschlossen.

Da es ihr weder mit Drohungen noch mit Lockungen gelang, die Tochter aus dem Zimmer zu treiben, ließ Agnes die Tür sperrangelweit aufstehen und ging in die Küche. Irgendwann würde es ihr langweilig werden. Indessen rief sie alle Augenblicke, damit Heinrich wußte, daß er die Schuhkammer noch nicht verlassen durfte.

Es war eine Weile vergangen, seit ihre Warnrufe ausgesetzt hatten, wie lange, hätte Heinrich nicht zu sagen vermocht. Hatte er überhaupt mitbekommen, daß Julia ihrer Mutter in die Küche gefolgt war? Nachträglich konnte er das nicht eindeutig beantworten. In dem fensterlosen Raum war es stickig und heiß, der Geruch von Leder und Schuhcreme trug noch zu seiner Benommenheit bei. Die vielen Schuhe berührten ihn sehr sonderbar, als führten sie ein Eigenleben. Wie in einem Taubenschlag standen sie rundum in abgeteilten Regalfächern. Es kam ihm vor, als sprächen sie in einer ihm unbekannten Sprache von unappetitlichen Geheimnissen. All diese bunten, glänzenden, schlichten, geschnürten, zugeknöpften, ausgeschnittenen, geflochtenen, bebänderten, bestickten, mit Schleifen, Riemen, Schnallen und Flitter versehenen Schuhe, Stiefel und Sandalen, mit ihren diversen Absätzen oder flachen Sohlen, wie war es möglich, daß sie alle ein und derselben Frau gehörten? Ein einzelner schwarzer Schuh stand einsam zwischen den aufgereihten Paaren. Es war jener umstrittene Stöckelschuh, dessen Pendant irgendwo zwischen Nürnberg und Ingolstadt vom Trittbrett auf die Gleise gepurzelt war. Er nahm ihn aus dem Fach und las das Firmenschild in seinem Inneren: Camille Unglik, Paris, made in Italy, stand auf dem vergilbten Stoffband. Mit einem Gefühl der Beklommenheit stellte er den fatalen Schuh wieder an seinen Platz.

»Ich habe immer zwei Männer gehabt. Mit den Männern ist es wie mit den Schuhen, mit einem humpelt man«, hatte sie ihm gleich zu Beginn ihrer

Liebschaft erklärt. Komischer Vergleich. In einen Schuh kann man schlüpfen, aber in einen Mann, wie soll das gehen? Da humpelt der Vergleich. Sein Blick fiel auf die untersten Fächer, in denen Julias alte Kinderschuhe aufbewahrt waren. Wie wohltuend nahm sich in dieser Frauenschuhgesellschaft mit ihrem theatralischen Imponiergehabe so ein kleiner flacher runder Kinderschuh aus! Es war ein dunkelblauer Halbschuh aus Wildleder mit einem Riemchen, das einst von einem Knopf gehalten wurde, von dem nur noch die Gummilasche übrig war. Gerührt stellte er ihn neben seinen großen nackten Fuß – seine Schuhe hatte er, als es klingelte und Agnes ihn in die Kammer schickte, schnell unters Bett gestoßen. Was für ein Jammer, dachte er, aus so was herauszuwachsen, und fuhr langsam mit dem großen Zeh unter dem losen Riemchen in die Öffnung des winzigen Schuhs. In dem Moment wurde die Tür zugeschlagen. Das Geräusch fuhr ihm in die Glieder. Zu spät! Er hatte versäumt, sich davonzuschleichen. Beschämt zog er seinen behaarten Zeh aus dem kleinen Schuh und stellte ihn ins Regal zurück. Vorsichtig drehte er den Schlüssel um, öffnete die Tür einen Spalt und überzeugte sich, daß die Luft rein war. Dennoch fühlte er sich, als würde er gesehen. Der Anblick des schokoladeverschmierten Bettlakens erfüllte ihn mit Ekel. Es kostete ihn einige Überwindung, es nicht abzuziehen und zur schmutzigen Wäsche zu legen. *Du* hast die Pralinen doch gar nicht verschmiert, Heinrich, sagte er sich, während er unter dem Bett nach seinen Schuhen angelte, wie solltest du auch, das kleine Biest hat dir nicht eine einzige übriggelassen.

# 4

Drei Jahre lang hatte Heinrich gegen die Versuchung angekämpft, Situationen herbeizuführen, in denen er mit Julia allein gewesen wäre. Das Entsetzen und der Abscheu im Blick des Kindes an jenem unseligen Nachmittag, als er der Neunjährigen auf so hinterhältige Weise »Nachhilfeunterricht« erteilt hatte, daß seine verbotene Lust nicht mehr zu verbergen gewesen war, konnte er nicht vergessen. Es gab Augenblicke, in denen er vor Verlangen fast verging. Wenn er sie bei Spaziergängen im Sommer auf den Schultern trug, wozu er sich nur auf Agnes' Drängen bereit erklärte, spürte er die Innenseite ihrer nackten Schenkel – zart wie der Bauch einer Eidechse – an seinem Hals, spürte ihre heiße kleine Muschel, in deren Schlitz sich mal wieder das Höschen verfangen hatte, in seinem Nacken, und noch ehe er einen rettenden Gedanken fassen konnte, schoß ihm das Blut in die Lenden. War es möglich, daß das kleine Luder seine Verlegenheit merkte? Jedenfalls fing es an, seinen Oberschenkel ganz leise und in einem teuflischen Rhythmus hin und her zu bewegen, wodurch seine Qual ins Unermeßliche stieg. Er war sich ziemlich sicher, daß es von oben nicht zu sehen war, zumal seine Arme, mit denen er ihre staksigen Kleinmädchenbeine umklammerte, eine Barriere bildeten. So ging er mal schneller, mal langsamer in peinvoller Geilheit hinter Agnes her und verfluchte im voraus den unausweichlichen Augenblick, in dem sie sich umdrehen und entzückt ausrufen würde: »Heinlich!« (sie hielt die pseudochinesische Verballhornung seines Namens für zärtlich), »Heinlich, was für eine schöne Bescherung!«

Es beruhigte ihn, daß sie seinen Zustand dem Anblick ihres großen weichen Hinterteils zuschrieb, dieser mürben Birne, an die er nicht ohne Schaudern denken konnte. Das Lästige daran war, daß sie bei der erstbesten Gelegenheit auf Erfüllung pochen würde. Deshalb unterstützte er Julias abendliche Manöver, die das Zubettgehen verzögerten, saß dann stundenlang an ihrem Bett und las Geschichten vor. Ganz selten und nur, wenn er den Eindruck hatte, daß sie schon eingeschlafen war, verirrte sich seine streichelnde Hand von den flachen Inseln ihrer Brust über den Äquator des Bauches in die tropische Zone. Meist aber saß er nur da und lauschte ihren regelmäßigen Atemzügen, bis ihn das eindringlich geflüsterte »Heinlich« aus seinen Träumen riß. Dann blieb ihm nichts anderes übrig, als Kopfschmerzen, Müdigkeit oder Unwohlsein vorzuschützen. Es stand ihm weder der Sinn noch sonst etwas danach, sich ihre kehligen Weiberlaute, ihr theatralisches Getue, diese Zirkusvorstellung dessen, was sie für sinnlich hielt, vorführen zu lassen. Im ersten Jahr ihrer Ehe hatte sie noch versucht, ihn in solchen Fällen umzustimmen und mitunter war ihr das, der Unangemessenheit ihrer Mittel zum Trotz, auch gelungen. Mit geschlossenen Augen ließ sich hinter ihrem Rücken, wenn er sie endlich davon überzeugt hatte, daß sie um des Kindes willen keinen Laut von sich geben solle, manche Illusion makellos glatter Weichtiere hervorrufen. Im Laufe der Zeit wurde es jedoch immer schwieriger, die Realität wegzublenden. Sie wollte wissen, wieso er sie niemals ansah – anscheinend hatte sie ihren Kopf umgedreht und ihn beobachtet –, ob ihm etwas wehtue und warum es immer »wie bei Hund und Katz« sein müsse? Schließlich gab er es gänzlich auf, mit ihr das Tier mit den zwei Rücken zu spielen. Hatte sie nicht zu Beginn ihrer Liebschaft gesagt, sie habe immer zwei Männer gehabt? Wo waren die? Der eine, das wußte er wohl, auch wenn er sich unwissend stellte, war sein Freund und Mitarbeiter Georg Treiber, der sich immer so unauffällig erkundigte, wann er zu Agnes nach Flammbach fahre. Aber wo, fragte er sich verzweifelt im dritten Jahr seiner Ehe, wo blieb der zweite Mann, der ihm aus der Klemme helfen könnte? Dabei ließ sich alles so gut an, als Julia ins Internat kam. Es war nicht schwer, die Künstlerin davon zu überzeugen, daß ihr, die so natürlich malte wie der Vogel singt (immer das gleiche Lied, dachte er bei sich), das Stadtleben nur hinderlich sein konnte. Er bedauerte des langen und breiten, ihr noch nicht folgen zu können, da er Georg nicht im Stich lassen dürfe, mietete einen Lastwagen und transportierte ihr Umzugsgut, das hauptsächlich aus überragenden, auf Keilrahmen gespannten Leinwänden und einer Unzahl von Schuhen bestand, nach Flammbach. Die erste Woche, die er allein in der Ohmstraße verbrachte, fühlte er sich wie erlöst von allem Ballast, der sein Leben seit jenem Nachmittag am Kopfbahnsteig in einen Alptraum verwandelt hatte. Seine kleine Dämonin war im Odenwald verschwunden. Es gab keine Versuchungen mehr, gegen die er sich hätte wappnen müssen. Er konnte sich unbehelligt seinen Träumen hingeben, die um so süßer waren, je länger seine Wünsche im verborgenen gewuchert hatten wie die vergeilten Triebe einer im Dunkeln vergessenen Pflanze. Fünf Tage lang wähnte er sich glücklich. Dann kam das Wochenende, und keine Krankheit, keine Naturkatastrophe, kein Ölboykott und kein Eisenbahnerstreik kam ihm zur Hilfe: Agnes erwartete ihn im Grünen. Er haßte das Landleben. In den gedrungenen Räumen des düsteren Flammbacher Hauses fühlte er sich wie im Gefängnis. Es gab einen einzigen etwas größeren und einigermaßen lichten Raum im Erdgeschoß, in dem es sich hätte wohnen lassen, wäre er nicht von Agnes zum Bilderdepot degradiert worden. In einem riesigen Gestell aus roher Fichte standen dicht bei dicht ihre furchtbaren Krusten und konnten bei Bedarf – wie Bücher aus einem Schuber – herausgezogen werden. Ein kleiner Käuferkreis hatte Zugang zu dieser »Folterkammer« und zahlte ein hohes Lösegeld, um mit einem Bild davonzukommen. Er hingegen mußte sich Wochenende für Wochenende der Marter ihrer Honigmonderwartung aussetzen.

Ihr Freund Walter Unertl, der alle Voraussetzungen zu erfüllen schien, die Rolle des Zweiten zu spielen, hatte das Bildgestell zusammengezimmert und war ebenso plötzlich verschwunden, wie er gekommen war. Als er wieder auftauchte, brachte er zu Heinrichs Verdruß eine seiner zahlreichen Freundinnen mit. Ohnedies hatte sich herausgestellt, daß er weder eine zweite noch sonst eine bezifferbare Rolle spielte. Er war Heinrich noch zu Lebzeiten Schlefelds als Liebhaber vorangegangen und zählte als Lückenbüßer einfach nicht. Damals war Unertl Bildhauer gewesen. Inzwischen hatte er, ein ältlicher großnasiger Bohemien mit einem zerknautschten Gesicht, das Heinrich an eine als Cyrano de Bergerac maskierte Matrone erinnerte, sich in allen Sparten, Stilen und Techniken der bildenden Künste versucht. Er hatte geknetet, geschweißt, geklebt, gegossen, gekittet, verpackt, gefesselt, geteert und gefedert, er hatte gemalt, übermalt, gekritzelt, geschabt, gespachtelt, gespritzt und tätowiert, letzteres für seine Performance »Anamorphosis in progress«, die von der prominentesten New Yorker Kritikerin als »primordiale Erfahrung« gefeiert worden war (er hatte sich eigenhändig das geschlungene Band des Wollsiegels auf sein Glied tätowiert und dem erlesenen Publikum im Zustand der Erektion vorgeführt, wodurch sich das stilisierte Wollknäuel in ein *Ellipsoid* verwandelte). Zwischen seinen Vernissagen und Amouren in New York und Paris kam er hin und wieder nach Flammbach. Sein Lieblingswort war Akzeptanz. Sein anamorphotisches Glanzstück war eine Sonntagsvorstellung gewesen, die sich nicht beliebig wiederholen ließ, und so sann er auf Bleibendes. Schließlich fanden seine Neoninstallationen in einer Pariser Tiefgarage das gewünschte Presseecho. Endlich, nach wochenlanger Schufterei in verpesteter Luft, war er anerkannt! Allein, mit jedem Artikel, in dem sein Werk lobend erwähnt wurde (»sakrale Feierlichkeit, die den Raum-Zeit-Bezug, den schwarzen Tod und das grelle Leben aufhebt und eine irreale Stille...«), wuchs seine Hypochondrie. Er bildete sich ein, an einem Tumor zu leiden, den er mal in den Nieren, mal im Kopf und dann wieder in den Testikeln vermutete. Als eine

Art Abwehrzauber gegen diese schemenhaften Krankheiten, über die er sich nur in Andeutungen erging, manifestierten sich in seinen Sätzen ganze Heerscharen illustrer Gäste, Prominente aus aller Welt, die er irgendwann einmal von ferne gesehen hatte oder auch nur vom Fernsehschirm kannte und die nun einen schützenden Namenswall um seinen bedrohten Leib bildeten. In seinem Delirium entging ihm, daß der eine oder andere seiner »Freunde« nicht mehr zu den Lebenden zählte, was Agnes zu der scheinheiligen Frage verleitete, ob er etwa auch Hanna Kasch kenne? Die Brecht-Platte spielte im Hintergrund, während Unertl schilderte, wie er Hanna in Griechenland begegnet war. Am Abend in der Taverne hatte sie mit ihm gefüßelt, ja förmlich getreten hatte sie ihn! Heinrich verzog keine Miene. Zwar ahnte er nicht, welche fatale Rolle dieser ekelhafte Knilch in seinem Leben noch spielen sollte, aber die Nacht war noch nicht zu Ende.

»Das war die Hanna Kasch, mein Kind«, trällerte Agnes, als Unertl gegangen war, und krümmte sich vor Lachen. Sie saß auf einem alten Klappstuhl, der in dem Augenblick, als sie sich nach hinten fallen ließ, unter ihr zusammenbrach, und mit ihm ging im wörtlichsten Sinn jegliche Hemmung baden, denn das irre Gelächter, das sie nun schüttelte, trieb ihr nicht nur die Tränen über das erhitzte Gesicht, es öffnete auch die untere Schleuse. Als Heinrich ihr hochhalf, sah er die kleine Pfütze, die in einer Kuhle der Diele zusammengelaufen war. Allmählich verebbte ihr Gelächter, und mit einem schelmischen Blick, der genau das verhieß, was er befürchtete, forderte sie ihn auf, mit ihm ins Bett zu gehen.

Seine Ausreden hatten sich erschöpft. Es wäre ihm gleichgültig gewesen, von seiner Gattin für impotent gehalten zu werden – wenigstens hätte er dann seine Ruhe gehabt. Aber in Julias Abwesenheit war ihm eine kleine Irin namens Georgia in die Arme gelaufen. Georgia war neunzehn und Vollwaise, ein zierliches Püppchen mit einem schwarzen Bubikopf und traurigen braunen Augen in einem rührend unregelmäßigen Gesicht. Georgia – schon der Name hatte es ihm angetan, dschoh-dscha, eine köstliche Lautverschiebung! Eine kleine Wendung zum u, ein kehliger erster Konsonant, eine nachhaltigere Berührung des Gaumensegels mit der Zungenspitze beim zweiten, und er war wieder bei seinem Lieblingsnamen: Juul-ja. In Connemara war Georgia von ihren älteren Brüdern streng bewacht worden. Unter ihren gleichaltrigen Studienkollegen in der Fremde hatte sie niemanden gefunden, der ihrem Traum vom Beschützer entsprochen hätte, und so war sie noch Jungfrau, als sie Heinrich kennenlernte. Dieser Baum von einem Mann, mit seiner sich lichtenden flachsblonden Mähne, seinem mitfühlenden Blick, seiner Gelassenheit, war er nicht die Zuverlässigkeit in Person? In der Gewißheit, daß er es war, auf den sie gewartet hatte, fiel der kleine Makel eines Eherings kaum ins Gewicht.

Er gab sie als seine Assistentin aus und schickte sie auch tatsächlich in Bibliotheken, damit sie verkehrswissenschaftliche Texte fotokopierte. Agnes roch jedoch sofort Lunte und entblödete sich nicht, ihn mit ihrer Eifersucht zu verfolgen. »Jedem das seine«, hielt er ihr entgegen, aber entweder verstand sie wirklich nicht oder sie stellte sich dumm. Georg und Georgia, ob Ironie des Schicksals oder objektiver Zufall, beim Gedanken an diesen einzigen Gleichklang seiner Ehe, rieb sich der Teufel in ihm die Hände.

»Das war die Hanna Kasch, mein Kind«, summte es unbekümmert in seinem Rücken. Er saß im Pyjama auf der Bettkante. Eine Hand hielt ihm von hinten die Augen zu: »Rate, was ich hier habe?« Sie biß ihn ins Ohrläppchen und rückte mit einer Flasche Champagner heraus. Er haßte es, gebissen zu werden, und brummte unwillig, er habe sich bereits die Zähne geputzt. Das kleine Repertoire ihrer Blicke, Gesten, Mienen war ihm vertraut, er hatte fast vier Jahre Zeit gehabt, es zu studieren. Jetzt las er in ihren Augen den Verdacht *Georgia*. Sie irrte sich. Seine Liebe zu der kleinen Irin hatte so lange gewährt, bis er aus ihr gemacht hatte, was er nicht begehrte: ein heulendes Weibsbild. In den drei Monaten, die seither vergangen waren, hatte sie sich fünfmal von ihm getrennt. Nach dem letzten tränenreichen Abschied hatte sie ihn mitten in der Nacht angerufen, so daß Agnes, die neben ihm lag, jedes Wort mitgehört hatte. Seither lag sie ihm dauernd mit Georgia in den Ohren. Seufzend fügte er sich, nahm die Flasche, öffnete sie fast lautlos und füllte die auf dem Nachttisch bereitgestellten Gläser. Nein, es war nicht Georgia, an die er dachte, es war nicht einmal Julia, es war die nackte Verzweiflung, als er seiner enttäuschten Gattin einen Kuß auf die Wange gab und mit den Worten: »Ich freue mich schon auf das nächste Mal!«, das Licht löschte.

## 5

Georg Treibers Stift flog über das Papier, als führe ihn die Hand eines Automaten. Gewiß, er war der Verfasser der »Wahrnehmungsschwellen«, aber geschrieben hatte es sich nach den ersten hundert Seiten wie von selbst. Noch einen Absatz, dann der Schlußsatz. »Komma«, diktierte er seiner Hand, und jede Silbe genüßlich auskostend fuhr er fort: »..son..dern einer viel..dimen..sio..nalen Selbst..reflexion..Komma, in der die ein..zelnen ›sich‹ auf..geben Komma, um in einer un..gleich kom..plexeren Komma, Relais-..funk..tionen Klammer auf Innen Schrägstrich Außen Klammer zu und Per..spek..tiven Klammer auf Nähe Schrägstrich Ferne Komma, Ver..gangen..heit Schrägstrich Zu..kunft Klammer zu rela..tivie-..renden Struk..tur hei..misch zu werden Punktum, das wär's!«

Er nahm die randlose Brille von der Nase und rieb sich wie ein Kind mit dem Rücken seiner Fäuste die Augen, massierte den verspannten Nacken, »mein Grübelgries« murmelnd, kippte mit dem Stuhl nach hinten und streckte sich.

Heinrich war mal wieder verschwunden. Er wollte nur eben Julia die Tür öffnen – seither war mindestens eine Stunde vergangen. Georg hatte ihm verschwiegen, daß er mit seinem Manuskript noch vor Jahresende fertig sein würde. Die Hoffnung, daß sein Freund noch etwas zu Papier bringen werde, hatte er schon vor Monaten aufgegeben. Es war nicht das erste Mal in seinem Leben: noch hatte sich jeder Versuch, die Arbeit mit jemandem zu teilen, um mehr

Zeit zum Wandern, Lesen, Lieben zu haben, über kurz oder lang als doppelte Bürde erwiesen. Er war es gewöhnt, sich am Scheitern zu orientieren. War die Niederlage geschluckt, dann vollzog sich die Arbeit reibungslos, und mit verselbständigtem Eifer brachte er alles zu einem guten Ende. Die Anwesenheit seines gequälten Freundes war ihm eine Last gewesen, aber wieviel lieber war ihm dieser stumme Trabant, als das elende Geschwätz in seiner Wohngemeinschaft. All diese Selbstfinder und ewig betroffenen Seelenwühlmäuse, die vom »umgehen lernen« faselten, ohne anzuklopfen in der Tür standen und sich über seine Rückzugstendenzen beklagten – mit dem größten Vergnügen würde er sich von ihnen verabschieden, wenn er das Geld hätte, sich eine eigene Wohnung zu leisten.

»Waas, du schreibst noch mit der Hand? Das ist ja vorsintflutlich, wieso hast du keinen Personal Computer?«

Warum, darum. Wenn nur der Winter erst vorüber wäre, dann könnte er endlich seine Wanderungen wieder aufnehmen. Etwas wie Heimweh nach der Einsamkeit der Wälder überkam ihn. Wie schön war es, in der Stille vor sich hinzugehen und selbstvergessen darauf zu lauschen, wie in der Ferne das Geräusch eines Wagens anschwoll und wieder verging, oder wie das Lied eines Vogels ferne Rufe übertönte. Jeder Augenblick, jeder Schritt war so verlockend wie einst in den Wäldern der Kindheit. Wie wohltuend war die Gleichgültigkeit der Natur, wie wunderbar bedeutungslos wurden im Wald seine Kümmernisse. Was zählte es, ob es ihn gab oder nicht. Das mochte für einen Selbstfinder kränkend sein, ihn machte der Gedanke glücklich. Der Grashalm am Wegrand, der im Sonnenlicht zitterte, das sich durch eine Lücke im Blätterdach eine flimmernde Bahn gebrochen hatte, wer könnte sagen, ob er den Menschen wahrnahm, der vorüberging? Nicht als Georg Treiber, sondern als irgendein Wesen, als wandelnder Schattenspender, dessen Name nichts besagte. Wie beengend waren dagegen die Begegnungen mit den allermeisten Menschen. Zurückgeworfen auf eine schlechte Wenigkeit, dachte er und kontrollierte die Paginierung seines Manuskripts. Dreihundertsiebenundvierzig Seiten. Zufrieden faßte er sie zusammen, klopfte sie an der Tischkante zu einem Block und schob ihn in ein Fach seiner Aktentasche. Das Abtippen würde er in der WG besorgen. Tippgeräusche flößten diesen Trotteln Respekt ein, so daß er vor Störungen sicher sein konnte. Er packte Stifte, Spitzer und Radiergummi zusammen, warf die leeren Tüten seiner süßen und salzigen Gaumenfreuden in den Papierkorb und steckte eben den Knopf in die Westentasche, mit dem er beim Korrekturlesen die Zeilen entlangfuhr, als er Heinrich über den Flur kommen hörte. Seit einiger Zeit hatte er die nervöse Gewohnheit, beim Gehen mit den Fingern zu schnipsen. Wie einer, der im Dunkeln pfeift, dachte Georg.

»Da wär ich wieder. Entschuldige, wenn es etwas gedauert hat, aber ich war so hundemüde ... wie, du gehst schon?«

Georg nahm seinen Mantel, zog einen langen gestrickten Schal aus der Ärmelhöhle, wickelte ihn sich in verdrehten Lagen um den Hals, als sei es ein

Strick, so daß er bis zu den Schultern aussah wie die Reklamefigur einer französischen Reifenfirma, und versteckte die beiden Endlappen überkreuz unter seinem Sakko. Mit der eingefleischten Umständlichkeit eines Menschen, dem die Dingwelt nicht geheuer ist, hüllte er sich in die Salz-und-Pfeffer-Haut seines Mantels und schickte sich an zu gehen. Heinrich begleitete ihn an die Tür.

»Mach's gut, mein Lieber, ich muß jetzt sausen, sonst erwisch ich den Bus nicht. Wir sehen uns im neuen Jahr!«

Heinrich war eben an seinen Schreibtisch zurückgekehrt, als Georg keuchend und den Schnee vom Mantel klopfend wieder an der Tür stand, die Julia ihm geöffnet hatte.

»Der Selbstknoten hat seinen Knirps vergessen«, rief sie mit heller Stimme durch den Flur. Es bereitete ihr immer Vergnügen, diesen von ihr gefundenen Spitznamen auszusprechen.

Heinrich holte den Knirps, der in einem blinden Winkel des Zimmers einen Stapel Zeitungen beschirmt hatte, klappte ihn sorgfältig zusammen, steckte ihn in seine Hülle, schloß den Drucknopf und überreichte den Stumpen artig mit seiner Schlaufe voran. Dann kehrte er an seinen Fensterplatz zurück. Erneut fiel die Haustür mit dem ihr eigenen Zögern ächzend ins Schloß, und jetzt trat der wieder aufgespannte Knirps im Hof auf: mit einem Ruck riß der Wind sämtliche Speichen an ihrem Knickgelenk in die Höhe und verwandelte das schwarze Dach in eine flatternde Schale, so daß Georg stehenblieb und, die Aktentasche zwischen die Beine geklemmt, eine

Weile zu kämpfen hatte, bis sich das tückische Objekt zusammenfalten ließ; als ihm das endlich auf Kosten eines abgerissenen Schirmzipfels glückte, der fortan in der Luft hing, hielt er das sperrige Gerät mit ausgestrecktem Arm wie eine Pistole gegen einen imaginären Feind, drückte auf den mechanischen Knopf, der wunderbarerweise sogar funktionierte, und stürmte mit gesenktem Kopf hinter dem entfalteten Schild gegen das Unwetter los, in Richtung Bushaltestelle.

## 6

Endlich! Allein! Seit Georg gegangen war, kam sich Heinrich in seinem Zimmer wie gefangen vor. Er verharrte eine Weile in der unbestimmten Hoffnung, daß Julia zu ihm käme, aber sie ließ sich nicht blikken. Statt dessen klingelte es an der Tür. Als er sich aufraffte zu öffnen, konnte er am anderen Ende des Flurs gerade noch sehen, wie ein ihm unbekannter Jüngling, ein langer dünner Kerl mit dunkelblonden Locken, mit Julia in ihrem Zimmer neben der Küche verschwand. Er ging sich einen Kaffee kochen und lauschte mit angehaltenem Atem auf Geräusche aus dem Nebenzimmer, hörte aber nur das Pochen seines eigenen Herzens. Hätten sie mit normaler Lautstärke gesprochen, wären unter Umständen durch die hellhörigen Wände einzelne Gesprächsfetzen zu ihm gedrungen. Wahrscheinlich hatten sie mitbekommen, daß er in die Küche gegangen war, und flüsterten deshalb.

Der Zucker hatte sich längst im heißen Espresso

aufgelöst, und er stand noch immer am Küchenfenster, rührte unentwegt in der kleinen Tasse, die er auf ihrem Untersatz in der Hand hielt, unschlüssig, was er beginnen sollte. Er konnte sich nicht dazu durchringen, in sein Zimmer zurückzukehren, setzte sich an den Küchentisch, nahm die noch ungelesene Zeitung vom Morgen, schlug geistesabwesend das Feuilleton auf, las einen Absatz, ohne etwas zu verstehen, schweifte bei abermaliger Lektüre erneut ab, legte das Blatt wieder beiseite und starrte auf den verglasten Geschirrschrank, der an ebender Wand stand, die er so gern mit seinem Blick durchbohrt hätte.

Es mochte etwa eine halbe Stunde vergangen sein – vielleicht waren es auch nur zehn Minuten, sein ohnehin unzuverlässiges Zeitgefühl ließ ihn gänzlich im Stich –, als die Gläser im Geschirrschrank in einem unverkennbaren Rhythmus mit einem leisen Klirren zu tanzen anfingen. Es kam ihm so ungeheuerlich vor, daß er es im ersten Schrecken für eine Sinnestäuschung hielt. Sie war noch keine vierzehn! Wie ein Ertrinkender an einen Strohhalm klammerte er sich an diesen Gedanken. Er war immer gegen das Internat gewesen, gegen diese libertäre Brutstätte der Unzucht! Plötzlich kamen ihm Zweifel. Es war so still, vielleicht spielten sie nur… Er überlegte krampfhaft, welches Spiel das sein könnte, aber es wollte ihm keines einfallen. Es war nichts, aber auch gar nichts zu hören, nicht einmal, als er das Ohr an die Wand legte, und dennoch klirrten die Gläser, schaukelten die an ihren Henkeln aufgehängten Tassen. Er schlich auf Zehenspitzen aus der Küche, stand, ohne Licht zu machen, eine Ewigkeit vor ihrer

Tür und horchte. Auch von hier aus war nichts zu vernehmen. Vielleicht hatte er sich doch getäuscht und die Vibrationen kamen von unten? Die Ungewißheit machte ihn rasend, und doch schreckte er davor zurück, einen Küchenstuhl zu holen, um durch das Oberlicht der Tür das Rätsel dieser unheimlichen Stille mit ihren bebenden Ausläufern zu lösen – es wäre doch zu lächerlich gewesen, als Spanner dazustehen.

Als er in die Küche zurückkam, hatte das Klirren aufgehört, hingen die Tassen an ihren Haken wieder im Lot. Nach einer Zigarette, die seine Nerven etwas beruhigte, hörte er die beiden kichernd ihr Zimmer verlassen und die Tür des gegenüberliegenden Bades verriegeln. Durch die zu heftig gezogene Toilettenspülung sprang der Schwimmer aus seiner Verankerung, das Rauschen wollte kein Ende nehmen. Heinrich drückte eben seinen zweiten Glimmstengel, der die Wirkung des ersten wieder aufgehoben hatte, im Aschenbecher aus, als die Wohnungstür krachend ins Schloß fiel.

Er hatte noch immer eine gewisse Scheu, ihr Zimmer zu betreten, als könne sich der Schock des »schwarzen Montags« vor einem Jahr wiederholen. Das war jener Tag gewesen, an dem er mit Agnes aus Flammbach zurückgekommen war und entdeckt hatte, daß Julia übers Wochenende gemeinsam mit einer somnambulen Freundin aus ihrer Klasse die Wände und sämtliche Möbel ihres Zimmers schwarz angestrichen hatte, nachdem sie bereits einige Tage zuvor ihr Bettzeug und die Bezüge ihrer Kissengruft mehr oder weniger schwarz vorgefunden hatten – das

Farbpulver hatte die Textilien in der Waschmaschine eher gräulichblau verschmutzt als gefärbt. Die Konsequenz dieser schwarzgalligen Anwandlung war das Internat gewesen.

Jetzt herrschte in ihrer Höhle das übliche Chaos. Den kleinen Schmutzkissen auf und neben der Matratze auf dem Boden war nicht abzulesen, welcher Art Schlacht sie ihre Zerstreuung verdankten. Ein einsames Räucherstäbchen schwelte in einer Schale neben einem Kerzenstummel vor sich hin und erfüllte den ungelüfteten Raum mit einem süßlichen Orientgeruch. Ein roter Lichtstreifen signalisierte den Betrieb des Kassettenrecorders. Er folgte dem angeschlossenen Kabel, zog die Kopfhörer unter den Kissen hervor und hörte die dumpfen Rhythmen der laufenden Kassette. Eine bleierne Müdigkeit überkam ihn, ein Verlangen nach Schlaf, das seine widersprüchlichen Regungen, ja sogar seinen Ekel vor dem fremden Jüngling überwältigte, der sich auf ebendiesem Kissen herumgefläzt haben mochte, auf das er nun seinen Kopf bettete. Er schlief auf der Stelle ein und schreckte nur wenige Minuten später mit einem Gefühl des Entsetzens auf, als sei der Morgen seiner Hinrichtung angebrochen. Da stach ihm, zwischen Wand und Matratze, das weiße Ohr eines Briefkuverts ins Auge. Er zog es aus seinem Versteck und versuchte sich den Schüler vorzustellen, der in dieser um Genialität bemühten Handschrift »Mademoiselle Julia Schlefeld« aufs Kuvert gekritzelt hatte. Gab es französische Schüler im Odenwald? Der Brief war in Paris abgestempelt. Die Rückseite war blank – ein klandestines Schreiben. Mit Bangen entfaltete er das Blatt.

Es war ein schwülstiger Liebesbrief, der mit der Anrede »Mein süßes Schlefeldinchen« begann und mit »busselt Dich Dein (W)alter Knudel« endete. Er las, Zeile für Zeile, einmal, zweimal, dreimal und immer wieder, als müsse er den albernen Inhalt auswendig lernen. Die grausame Gewißheit, daß Julia, *seine* Julia, Walter Unertls Geliebte war, wurde ihm, je öfter er den Brief las, immer fragwürdiger, und mehr als alles andere peinigte ihn dieser Zweifel.

## 7

Nach zwei endlos langen Tagen bei Agnes kehrte Heinrich am ersten Abend des neuen Jahres in die Ohmstraße zurück, wo Julia mit ihrem lockigen Internatsfreund und einer Clique aus ihrer alten Klasse Silvester gefeiert hatten. Er fand die Wohnung in einem Zustand vor, als hätten extraterrestrische Wesen den Versuch unternommen, Funktion und mögliche kultische Bedeutung aller Gegenstände zu ergründen und wären, sei es, weil sie gestört wurden oder weil sie überfordert waren, unverrichteter Dinge wieder davongeflogen.

Es war Mitternacht, bis alles wieder an Ort und Stelle geräumt war. Da fiel ihm die Tüte mit Agnes' Bildern ein, die er am nächsten Tag zum Rahmen bringen wollte. Er erinnerte sich genau, sie an der Wohnungstür abgestellt zu haben, aber da war sie nicht mehr. Wenn er sie in Gedanken woanders hingetragen hätte, müßte sie ihm beim Aufräumen eigentlich begegnet sein, dennoch machte er sich auf die Suche. Die Tüte war unauffindbar. Sollten sie etwa die Extraterrestrischen mitgenommen haben? Kaum vorstellbar, daß so ein abgehobenes Wesen eine Obolustüte auch nur eines Blickes würdigte, und falls doch ein Anflug von Neugier vorhanden wäre, würde der Anblick von drei Himmelsbildern aus der Schlefeldschen Frühphase genügen, sich wieder in die eigenen Wolken zurückzuziehen. Nun wäre der Verlust dieser Bilder selbst Agnes nicht sonderlich zu Herzen gegangen, aber das Peinliche daran war, daß sie sie dem eifrigsten Sammler ihrer Werke verkauft und den horrenden Preis dafür bereits kassiert hatte.

Alle Ecken und Winkel der Wohnung waren durchsucht, mit Ausnahme *ihres* Zimmers. Was sollte sie in ihrer Höhle mit den Himmelsbildern ihrer Mutter anfangen? Wo trieb sie sich überhaupt herum, so spät in der Nacht? Es grauste ihm vor dem dunklen Raum, dem Durcheinander, den Heimlichkeiten, vor jedem einzelnen vorwurfsvollen Ding, ja alles darin schien ihn anzuklagen. Aber wo konnte die Tüte noch sein, wenn nicht in ihrem Zimmer?

Er öffnete die Tür, stand einen Moment in der Lichtschneise der Korridorlampe, und während er ins Dunkle starrte, wehte ihn etwas Unheimliches an, etwas wie die Gegenwart eines menschlichen Körpers. Der Lichtschalter neben der Tür war funktionslos, seit sie auf ihrem Verdunklungstrip die Deckenleuchte gegen ein schummriges Bodenlicht ausgetauscht hatte, das sich in seinem geschwärzten Styroporoval wie ein erleuchtetes Grabmal ausnahm. Er stolperte über irgendwelche Gegenstände, die auf dem Boden herumlagen, in Richtung Wand und tastete dort, wo er die Matratze vermutete, nach dem Knipser der Lampe, als er mit der anderen Hand auf etwas Weiches und Warmes stieß. Er holte sein Feuerzeug aus der Tasche, fand mit Hilfe des flackernden Flämmchens die Lampe, und da lag es vor ihm im düsteren Licht und schlief, das Kind seiner Träume, sehr bleich und zerbrechlich, den einen Arm unter dem schwarzen Schopf abgewinkelt, den anderen neben der Bettdecke halb auf den Boden hingestreckt. Verzückt betrachtete er den dichten Kranz ihrer gebogenen Wimpern, die siamesischen Brauen, den leicht geöffneten Dattelmund, die wohlgeformte, ergreifend zarte Ohrmuschel, und obwohl er fürchtete, sie zu wecken, beugte er sich über sie und küßte die rosige Narbe auf dem zierlichen Nasenflügel. Er flüsterte ihren Namen, aber sie rührte sich nicht. »Juul-ja«, wiederholte er mezza voce, und dann noch einmal, sehr eindringlich: »Juuul-ja!« Wie verzaubert lag sie reglos in ihre schwarzen Tücher hingegossen. Er kauerte neben der Matratze, seine Beine waren vom Hocken fast taub. Den Blick unverwandt auf die schlafende Schöne geheftet, schob er hinter sich einen Platz auf dem Teppichboden frei – der von Flecken übersäte hellblaue Velours war der Schwärzung entgangen –, setzte sich und streckte die schmerzenden Beine aus. Ein kleiner harter Gegenstand unter seinem Oberschenkel entpuppte sich als die gläserne Hülle eines Medikaments, das er bereits in seinem Kulturbeutel vermißt hatte: Somniquenz, ein Mittel, das ihm in Zeiten seiner schlimmsten Bedrängnisse den Schlaf garantierte. Von den ursprünglich zehn Tabletten der Originalpackung mochte er drei oder vier selbst verbraucht haben und nun war das Döschen leer.

Darum also war ihr Schlaf so tief! Er überlegte fieberhaft, ob die sechs- oder siebenfache Dosierung dieses Barbiturats tödlich sein könnte, und obwohl etwas in ihm die Frage kaltblütig verneinte, war er plötzlich überzeugt, daß sie tot sei. In panischem Entsetzen beugte er sich über sie, spürte erleichtert ein laues Lüftchen, das flach und regelmäßig sein Ohr streifte, legte seine Hand unter den kleinen Hügel ihrer linken Brust und weil unter dem flauschigen Nachthemd nichts zu fühlen war, schlug er die Decke zurück, glitt über ihren glatten Leib hinauf an ihr Herz, das ruhig und seltsam fern gegen seine Handinnenfläche schlug.

Sie lebt und sie ist dein, triumphierte es in ihm. Ein rauschhaftes Glücksgefühl durchströmte ihn, während er ihre knospenden Brüste liebkoste, sein pralles Geschlecht gegen ihren schmalen Schenkel preßte. Jahrelang hast du dich kasteit, während andere sich ohne die geringste Scheu bedienten. Bei dem Gedanken an Walter Unertl überfiel ihn erneut die Angst. Niemand wird es je erfahren, sagte sich der Realist, nicht einmal das rabenschwarze Kind, und schon hatte er die Wünschelrute aus ihrem Reißverschlußgefängnis befreit. Vielleicht gelingt es dir sogar, es vor dir selbst geheimzuhalten und mit einem Rezept des arglosen Internisten noch vor dem Ende ihrer Weihnachtsferien neuen Stoff für deine Träume zu besorgen? Aber was, insistierte der Träumer, wenn die Dosis doch tödlich war und sie währenddessen …? Gewiß, sie atmete regelmäßig, das kleine Herz pumpte brav das Blut bis in die feinsten Äderchen, aber wie konnte man wissen, ob es nicht plötzlich seinen Dienst versagte? Gegen alle Vernunft, die immerfort zu seinen Gunsten argumentierte, ließ ihn die Vorstellung ihres Todes nicht mehr los und wurde schließlich so mächtig, daß er sich einbildete, ihr Herz habe aufgehört zu schlagen. Wiederbeleben, er mußte sie wiederbeleben! Besinnungslos preßte er seine Lippen auf ihren frischen Mund, schob ihn mit der Zunge auseinander und versuchte, ihr seinen Atem einzuflößen und bog dabei ihr linkes Bein in der Kniekehle zu ihrem Herzen hin und durchdrang die heiße Enge. Verzweifelt versuchte er, sie durch seinen Atem, seine Stöße, ins Leben zurückzurufen, und erst als er sich ergoß, wurde die Illusion dessen, was er getan hatte, zunichte.

## 8

Er saß die restliche Nacht an seinem Schreibtisch ab und tribunalisierte. Als Vertreter des Gesetzes klagte er sich eines Vergehens an, das, in zynischer Weise als Reanimation getarnt, einem versuchten Lustmord gleichkam. Als Verteidiger hielt er den Geschworenen, die alle weiblichen Geschlechts und jenseits der Wechseljahre waren, die mildernden Umstände vor Augen: den jahrelangen Kampf des Angeklagten gegen zwei Ungeheuer, das *in* ihm und das angetraute, die Verworfenheit des Milieus, in dem das Opfer seine Unschuld verlor, lange bevor es im Schlaf überwältigt wurde, und wer weiß, ob es überhaupt schlief? Vielleicht hatte es sich verstellt, um den verhaßten Stiefvater in den Knast zu bringen? Schließlich kam der Angeklagte selbst zu Wort und wurde gefragt, was er bei seiner Tat empfunden habe. Ein Schrei der Entrüstung kam von der Geschworenenbank, als er antwortete, er habe sich wie das Mädchen im Märchen gefühlt, das in die verbotene Kammer ging und sich durch ihren blutigen Schlüssel verriet. Mehrmals spielte er alle Rollen durch und immer lautete das Urteil des Hohen Gerichts *lebenslänglich*. Auf der reuevollen Suche nach dem Punkt, an dem noch nicht alles verloren war, hielt er sich sein Leben vor Augen und reiste, von Rückblende zu Rückblende, über alle Stationen seiner Qual, immer weiter zurück in der Zeit, bis hin zu jenem Nachmittag im Winter, als er dem schönen Kind zum ersten Mal begegnet war. Es schien ihm, als habe er damals durchaus erkannt, welches Unheil sich in ihren schwarzen Augen spiegelte, und war doch nicht geflohen, sondern hatte sich seinem Verhängnis wie geblendet ausgeliefert.

Gegen Morgen sank sein gemarterter Kopf auf die Schulter, und das Grauen beherrschte seinen Schlaf. Die scheppernden Geräusche der Müllabfuhr ließen ihn auffahren. Die Wange naß vom Speichel, der ihm in der unbequemen Haltung im Schlaf aus dem Mundwinkel geflossen war, trocknete er sich das Gesicht mit seinem zusammengefalteten Schnupftuch und rief damit die Erinnerung wach, wie er es in der Nacht benützt hatte, die Spuren seines Frevels zu beseitigen. Angewidert starrte er auf den Hof hinaus. Zwei Müllmänner waren gerade dabei, liegengebliebene Tüten in den geleerten und wieder an seinen Platz gerollten Container zu werfen, als ihr wild gestikulierender Kollege am Steuer des Müllwagens fluchend losfuhr, woraufhin die beiden hinterherrannten und schließlich auf dem Trittbrett des Fahrzeugs um die Ecke bogen. Die verflixte Tüte mit Agnes' Bildern fiel ihm wieder ein und er beschloß, jetzt, wo es tagte, noch einmal in Julias Zimmer nachzusehen. Er öffnete leise ihre Tür und blickte um die Ecke. Sie lag auf der Seite, zusammengerollt wie eine junge Katze, den Kopf auf den Ellbogen gebettet, umgeben von einem unbeschreiblichen Tohuwabohu. Er kniete neben ihr nieder und sein Herz krampfte sich zusammen, als er ihre kleine Faust sah, in der sich der Daumen versteckte. Ihr pechschwarzes Haar beschattete ihre durchsichtige Schläfe, unter der sich eine blaue Ader schlängelte. Am Hinterkopf hatten sich die Locken zu verfilzten Nestern verheddert. Ergriffen von Schuld und Zärtlichkeit streifte er eine Locke hinter ihr Ohr und da blinzelte sie wie eine Eule mit einem Auge. »Naaa?« murmelte sie schlaftrunken, und doch klang es in seinen Ohren wie: »Naaa, du Kinderschänder?« Ihre Lider waren ziemlich geschwollen, die Augenwinkel von Schlaf verklebt. Eine gewisse Ähnlichkeit mit ihrer Mutter neutralisierte seine Empfindungen. »Hast du zufällig gesehen, wo die Tüte abgeblieben ist, du weißt schon, die große Obolustüte, die ich an die Eingangstür gestellt hatte?«

»Oh god, und wegen solchem Scheiß wird man geweckt!«, stöhnte sie und drehte ihm den Rücken zu.

»Da waren die Bilder deiner Mutter drin, meine Süße, und wenn sie weg sind, sind 30 000 Mark im Eimer!«

»Frag doch mal die Putzfrau«, orakelte sie gegen die Wand. Als er das Zimmer verließ, hörte er, wie sie »und außerdem bin ich nicht *deine* Süße« murmelte.

Sie lebte und sie war sein und sie ahnte es nicht! All seine Ängste waren umsonst. Plötzlich wußte er auch, wo die Tüte war. Unnötig, die Putzfrau zu fragen. Sie hatte in seiner Abwesenheit den Flur gewischt, die vermeintliche Abfalltüte vorher ins Treppenhaus gestellt und beim Weggehen zum Müll getragen. In dem überfüllten Container konnte sie sie nicht untergebracht haben, und also war sie erst heute morgen von den beiden Müllmännern in die leere Tonne befördert worden. Der Rand des Containers reichte ihm bis über den Brustkorb. Er hievte sich mit beiden Armen hinauf, so daß er mit den Rippen auf der Kante balancierte, und angelte mühsam einige Tüten aus dem Haufen, von dem er nur die oberste Schicht erreichte. Er wollte unbedingt vermeiden, in den Container zu steigen. »Prost Neujahr!«, hörte er eine unbekannte Stimme hinter sich rufen, als seine Rippen dem Druck nicht mehr standhielten und er mit einem höllischen Stechen in der Brust das Bewußtsein verlor.

»Somniquenz?«, fragte der Internist mit dem blauen Bart, »wie lange wollen Sie das noch nehmen?« – »Lebenslänglich«, antwortete er schuldbewußt und kam sich sehr lächerlich vor in seinem Kleid. Als er die Augen öffnete, blickte der Lockenkopf von Julias extraterrestrischem Freund verwundert zu ihm herab. »Hei«, sagte er und nahm die Obolustüte entgegen, die Heinrich ihm mit zusammengebissenen Lippen hochreichte. Die Bilder, wohlverpackt wie sie waren, hatten keinen Schaden genommen.

# Das verlorene Gesicht

»Ja! sprach das schleyrichte Gesichte,
Ich warte hier auf ein Gerichte,
Auf einen guten Abendschmaus.
Auf was denn, Kind? Auf eine Maus.«

Gottfried Magnus Lichtwer

# 1

Martin Marlock war ein verträumtes Kind. Schickte man ihn zum Bäcker, das Brot für die sechsköpfige Familie zu holen, so setzte er sich am Wegrand auf den warmen Brotlaib. Der Duft von Koriander, Kümmel und Kardamom stieg zwischen seinen Schenkeln auf, und er träumte von Buttercremetorte, die er sich manchmal in der Konditorei stibitzte. Seine Eltern verachteten dergleichen. Brot aber war Inbegriff frommer Speise. Nicht das kleinste Krümelchen durfte verkommen, »denn wer den Brosamen nicht achtet, achtet die Brocken nicht«. Selbst wenn ein Brotrand im weiß emaillierten Kasten Schimmel ansetzte, warf man ihn nicht fort. Symbolisierte das Brot den Leib unseres Herrn, so war auch der Schimmel ein Segen, namentlich ein pädagogischer: mit frischem Brot ließ sich der Ungehorsam der Kinder nicht brechen.

Obwohl er sich jedesmal vertrödelte, schickte man doch stets den Ältesten in die Bäckerei. Wo immer es etwas zu gucken gab, benutzte er den Brotlaib als Schemel. Wozu stehen, wenn man sich setzen kann? So saß er, schaute und träumte. Zum Beispiel stellte er sich vor, der Teer auf den Straßen sei Zuckersirup, und das Wasser lief ihm im Munde zusammen, als er sah, wie die Straßenarbeiter die blubbernde, zähe Masse umrührten, die schwarz glänzend über den Rand des Kessels floß.

Wenn er aus seinen süßen Träumen erwachte, fehlte ihm jegliches Gefühl für die verstrichene Zeit. Einziges Indiz für das Ausmaß seiner Verspätung war das flachgesessene Brot. Wehe, wenn die unter seinem Gewicht gebrochene Kruste dachziegelartig in den zusammengestauchten Sauerteig gepreßt war und das Ganze mehr einem Fladen glich als einem gewölbten Laib! Je flacher der Fladen, um so langsamer ging Martin nach Hause. Wozu sich beeilen? So oder so würde es ein Donnerwetter geben, so oder so würde man ihn schlagen. Die Streiche, die ihm sein Vater verabreichte, bleuten ihm jedoch kein Zeitgefühl ein, im Gegenteil, er wurde immer saumseliger und verstockter.

Auch der Tadel der Mutter verfing nicht. »Warum plagst du mich so?«, fragte sie ihn jedesmal und blickte dabei mit ihren glashellen Augen auf den Fladen, als sei das ihr geschundener Leib. Aber es klang weder verzweifelt noch eigentlich vorwurfsvoll. Fast schien ihm, als spräche aus ihren Worten eine gewisse Genugtuung.

## 2

Adelheid Marlock erhob im Gegensatz zu ihrem Gatten Hans niemals die Stimme. Unbeirrbar zaghaft floß ihre Rede stets im gleichen Tonfall dahin, als gehe sie der Wortlaut nichts an. »Herrgott noch mal, was willst du eigentlich sagen?«, brüllte Marlock in täglichem Zorn. Der Anflug eines Lächelns, das so gern um ihre Lippen spielte, wenn ihr Mann mit ihr sprach, setzte sich hartnäckig in den Mundwinkeln fest, ohne ihren Augen etwas davon mitzuteilen. Aber es war ihr unmöglich, sich unumwunden auszudrükken. Ebensogut hätte man eine Krabbe auffordern können, sich geradeaus fortzubewegen. Ohne diese schräge Annäherung ans Gemeinte wäre die Marlocksche Ehe jedoch nie zustande gekommen. Je umständlicher nämlich Adelheid sich ausdrückte, desto frontaler ging Hans Marlock vor.

Er hatte die Altphilologin in einem Kreis jugendbewegter George-Jünger kennengelernt. Sie war sieben Jahre älter als er, wirkte aber ausgesprochen mädchenhaft, ja beinahe kindlich. Ihre großen hellblauen Augen, der puppenhaft kleine Mund und das Grübchen im Kinn verliehen ihrem runden Gesicht etwas bezaubernd Unschuldiges. Ihre Schüchternheit rührte ihn, und er bewunderte ihre Belesenheit. Aber warum zitierte sie ihm immer wieder aus den *Metamorphosen*? Glaubte sie etwa, er habe Ovid nicht gelesen? Blickte sie auf ihn herab, weil er »nur« Forstwissenschaften studiert hatte? Sie, die einen Wacholderbaum nicht von einer Eibe unterscheiden konnte, und wann immer sie sich im Klebkraut verfing, von Hühnerdarm faselte? Allmählich verdichteten sich seine Zweifel, und als er sie wiedersah, kochte er innerlich vor Wut. Womöglich bildete sie sich noch ein, er wolle sie heiraten? Na warte, mein Täubchen, das soll dir schlecht bekommen! Die Hände in die Hüften gestemmt, baute er sich in seiner ganzen Größe vor ihr auf. Seine schwarzen Augen waren zu schmalen Schlitzen zusammengezogen, als er wie ein Maschinengewehr losratterte:

»Sollte ich je einem Mädel begegnen, das mir eines Antrags würdig scheint, und es zögerte auch nur eine Sekunde mit der freudigen Zustimmung, würde ich ihm sagen: ›Nein danke, nicht kapital genug!‹«

Kein Zweifel, dachte Adelheid, damit bin ich gemeint, und während sie über und über errötete, rief sie mit ihrer leicht brüchigen Stimme ziemlich laut: »Ich will!«

Das war im eisigen März 1939, ein Jahr, in dem Schneeglöckchen und Huflattich erfroren. Bis zu ihrer Hochzeit, die für Ende August anberaumt war, schrieb »Adel«, wie sie sich aus Sparsamkeitsgründen nannte, ihrem Verlobten jede Woche einen Liebesbrief. Dank ihrer Falz- und Schneidemethode brachte sie einen normalen Briefbogen auf den Nutzen von drei *billet doux*. Diese waren mit *ars amatoria*-Zitaten gespickt, die aus Platzgründen mit Kürzeln verbunden waren, wie m.E. für meines Erachtens, oder Heilm. d. Liebe für Heilmittel der – Liebe schrieb sie immer aus.

Sie heirateten kurz vor Kriegsbeginn. Auf dem Standesamt unterzeichnete Adelheid als E. Adelh. Marlock. Der Standesbeamte belehrte sie, daß die Heiratsurkunde nur mit ausgeschriebenen Vornamen gültig sei. So blieb ihr nichts anderes übrig, als lsbeth und eid schräg dazwischen zu quetschen. Diese kümmerlichen, wie von Zwergenhand geschriebenen Silben verunstalteten nicht nur das klare Schriftbild, sie waren auch schwer lesbar. Den ganzen Tag versuchte sie ihr Mißgeschick vor dem Bräutigam zu rechtfertigen, und noch lange quälte sie der Gedanke, daß ihre Heirat vielleicht ungültig war.

In den ersten Septembertagen wurde der Gebirgsjäger Hans Marlock mit seinem Bataillon verladen. Das rhythmische Stoßen der Güterwagen, das Poltern der Pferde, ihr gemütliches Mahlen beim Fressen erfüllte ihn auf der langen Fahrt nach Prešov, östlich der hohen Tatra, mit einem Gefühl glücklicher Geborgenheit. »Denn er hing an solchen Reisenächten, anders als an jeder Liebesnacht« – in seinem Tornister führte er einen Band Rilke-Gedichte mit sich, den er mit einem akkuraten Schutzumschlag aus braunem Packpapier versehen hatte.

## 3

Grillen zirpten im Gras. als er im Mai 1945 querfeldein zu Frau und Kindern heimkehrte. Er kam durch den Schönbuch herab in die Ebene. Ein Gerstenfeld kündigte die Ortschaft an. Wie klein die Welt hier war, verglichen mit den Karpaten! »Die Wälder auf den Hügeln dort sind keine Wälder, – sie sind des Waldschrats zottiges Gelock.«

Das Feld zu seiner Linken, ein milchiggrünes Viereck mit einem Haseldickicht mittendrin, mochte etwa den Umfang eines Bataillons haben, aber eines geschrumpften wie des seinen, als es nach der Schlacht von Uman im schneeweißen Sand der Dorfstraßen von Derijevka am Dnjepr angelangt war. Wohl tausend Meter breit war dieser mächtige Strom, ein breites schimmerndes Band, wie auf einem Bild von Patinir.

So ging er eine Weile in Gedanken an den Dnjepr das Getreidefeld entlang, bis er in der Ferne die vertraute Wölbung einer Wiese wahrnahm, die ein spitzgiebliger Klotz krönte, ein Protobau der dreißiger Jahre: das Forstamt von Leurach. Wann war er das letzte Mal hier gewesen? Martin konnte noch nicht sprechen, suckelte an einem Tuch, das er »Dü« nannte. Nach dem Kriegslazarett in Cherson Genesungsurlaub. Die Tochter gab es noch nicht. Ruhe auf der Flucht. Die Reproduktion hängt im Schlafzimmer ... in den Windungen des ockerfarbenen Weges zwischen den Hügeln konnte man sogar noch die Protagonisten des bethlehemischen Kindermords erkennen.

Das Lied einer Lerche riß ihn aus seinen Gedanken. Da war er versucht, mit seinem Stock die nickenden grannigen Ähren der Gerste zu köpfen, aber er besann sich, daß er in der Heimat war. Die Splitter in seinem Kopf schmerzten ihn, wie fast täglich seit seiner Verwundung am Kuban. Dennoch nahm er sich vor, seinen Garten nicht durch das Tor zu betreten, sondern von der Wiese her über den Knüppelzaun zu springen.

Das wogende Getreidefeld in der Ukraine, durch das er bei einem Infanterieangriff mit seiner Kompanie gewatet war, kam ihm in den Sinn. Unermeßlich waren dort die Felder. Jeder hatte den Gegner als kleinen schwarzen Strich im unendlichen Gelb des reifen Weizens gesehen. Das war im Juli 1941. Die Sonne stand weißglühend am Himmel. Ein trockener Wind fuhr stoßweise über das gelbe Meer hinweg. Sie waren keine fünfzig Meter weit gekommen, als der Feind das Feuer eröffnete und sie sich auf den Boden warfen. Das schweißüberströmte Gesicht auf das geknickte Korn, gegen die harten warmen Ähren gepreßt, hörten sie die Maschinengewehrgarben über sich zwischen den Halmen hindurchzischen. Auf das »Marsch-marsch«-Kommando rannte weiter, wer noch rennen konnte. So ging es, in schnellem Wechsel zwischen Fall und Lauf, durch die Ewigkeit des Feldes.

Am andern Tag erblickten die Geretteten im ersten zagen Morgenlicht vom Hügel aus das Panorama des verwüsteten Feldes: schmale Gassen zogen sich im Abstand von dreißig Metern durchs Korn – wo sie abbrachen, lag ein Gefallener.

»Schaut mal«, hörte der vierjährige Martin seine Mutter rufen, »der Mann, der da über die Wiese kommt, das ist euer Vater!«

Mit seinem eingezogenen Hals, den dunklen Augen und der großen Nase kam er den Kindern wie ein riesiger Vogel vor. Das Hämmern in seinem Schädel hinderte ihn daran, den Zaun mit einem Satz zu nehmen, und so war er bemüht, ihn vor den Augen seiner Lieben schneidig kletternd zu überwinden. Es wäre ihm auch beinahe gelungen, wenn nicht sein mürber Rock in einer Holzkerbe hängengeblieben wäre, als er eben schwungvoll hinabspringen wollte. Adelheid eilte herbei und versuchte mit ihren beiden linken Händen, ihm aus der Patsche zu helfen.

»Papapapapapa«, zwitscherte die zweijährige Irmgard.

»*Vater* heißt das«, zischte der finstere Vogel im zerrissenen Rock zurück.

Kindergeplapper empfand das Ehepaar Marlock als peinlich. Mama, Papa, Oma, Opa, so etwas sagte man nicht in einer Familie, die väterlicher- wie mütterlicherseits auf Generationen evangelischer Seelsorger zurückblickte. Der Gebrauch des Diminutivs galt als Todsünde: Herzchen! Öfchen! Lächeln! Sie wählten die Namen ihrer vier Kinder in der vergeblichen Hoffnung auf das Nichtverkleinerbare. Aber die Flüchtlinge, die man bei ihnen einquartierte, riefen Irmgard allen Belehrungen zum Trotz »Irmchen«, »Irmelchen« oder gar »Irmelinchen«, und Martin nannten sie aus unerfindlichen Gründen »Schusterchen.«

Nein, nicht einmal zum Schuster würde es so einer bringen, erbitterte sich der Vater. »Sitzkrieg« nannte er Martins Vorliebe fürs Hocken. Während er im Osten gegen *den Russen* gekämpft hatte, hielt man im Westen einen *Sitzkrieg* ab, *drôle de guerre*, wie der Franzose sagte, und nun dieser Sohn! Was sollte aus ihm anderes werden, als Steineklopfer beim Straßenbau? Unmöglich, ihm Beine zu machen; weder mit der Reitpeitsche noch mit dem Haselstock, noch mit der bloßen Hand war ihm beizukommen. Mit Worten aber war bei ihm schon gar nichts auszurichten. Es kam dem Forstmeister vor, als spräche er in einer Gummizelle gegen eine in alle Richtungen nachgebende Wand. Am unbegreiflichsten aber war ihm der strahlende Blick seines Sohnes, wenn man ihm den Straßenbau in Aussicht stellte.

Das Kind spürte, wie seine Angst vor dem Vater

dessen Zorn noch vermehrte, und so nistete sie sich in seinem Innersten ein, unmerklich, wenn auch auf ganz andere Weise wirksam, als die Splitter im Schädel seines Vaters. Es verlieh ihm eine unerschütterliche Sanftmut. Ein Kranz langer, gebogener Wimpern säumte wie zierliche Blütenblätter die braunen Augen in seinem hübschen Gesicht, und sein Blick war der unschuldigste.

## 4

»Man kann einen Hund nicht zum Jagen tragen«, stellte der Forstmeister immer wieder resignierend fest, wenn sein Zorn verraucht war.

Wieso eigentlich nicht? dachte Martin; war der Vater mal guter Laune, dann trug er ihn doch auch auf den Schultern durch den Forst. Allein, so aufregend er das fand, es war ihm unheimlich, dem Vater im Nacken zu sitzen. Der Gedanke an die Splitter in dem Schädel, an den er sich klammerte, ließ ihn nicht los, und während sein Vater ihm den Unterschied zwischen Berg- und Spitzahorn erklärte, fühlte er sich schwerer und schwerer werden.

»Zerr nicht so an meinen Haaren, verflixter Bengel, ich krieg auch so bald eine Glatze! Sag mir lieber, dieser Baum da drüben, zwischen Ulme und Buche, der mit der gefleckten Rinde, ist das ein Leinbaum oder ein Weißbaum?«

Martin wußte weder, von welchem Baum der Vater sprach, noch hatte er zugehört, als er ihm die Merkmale des Bergahorns erläuterte – er hatte unentwegt auf den kleinen Hauthof gestarrt, der sich in dem schütteren Haar am Hinterkopf des Vaters bildete.

»Sitzt mir wie ein Mehlsack im Genick und hält Maulaffen feil! Bin ich ein Packesel?« schimpfte der Vater, als er den Sohn absetzte.

Es wäre Martin lieber gewesen, nicht mehr Huckepack durch den Wald getragen zu werden, aber sei es, daß der gutgelaunte Vater sich nicht an den grimmigen erinnern konnte, sei es, daß er die Hoffnung nicht aufgab, seinen Sohn zu belehren – die Szene wiederholte sich in regelmäßigen Abständen. Mal ging es um die *Asch* genannte Esche, mal um Sommer- und Winterlinde, mal zeigte er ihm das plissierte Blatt einer Hainbuche, mal den lebenden Korkmantel an der Rindenwunde einer Buche, die das glatte Borkenbild erzeugt.

»Wie nennt man die überwallten Aststümpfe der Fürstin der Albwälder?«

Ein leichter Wind ließ das Laub der Buchen erzittern. Martin hörte die *Fürstinnen* wispern. Er spürte, wie sie ihn aus den Augenschlitzen der unzähligen Wulstnarben ihrer silbergrauen Stämme anstarrten. *obwohl sie doch blind waren.*

»Schlafende Augen«, antwortete er endlich.

»Dir werd ich's zeigen, du Schlafmütze!«, schnaubte der Forstmeister, »wenn du schon nicht zuhörst, was ich dir sage, dann schau wenigstens hin! Man sieht doch ganz deutlich, daß es *Chinesenbärte* sind. *Schlafende Augen* sind schlummernde Triebe, merk dir das, Tropfelendiger!«

Und ein weiteres Mal durfte Martin zu Fuß durch

das Halbdunkel aus wispernden blinden Riesinnen gehen.

Aber die Mutter könnte mich zur Jagd tragen, überlegte er. Sobald er sich das jedoch ausmalte, sich seiner Mutter in Gedanken zärtlich an die Brust schmiegte, schob sich das Bild seines wutentbrannten Vaters dazwischen. Das war ja der Jäger, und weil sein Pferd ihn abgeworfen hatte, bestand er darauf, diesen Faulenzer von einem Sohn mit dem Rücken auf das Pferd zu binden wie Mazeppa, und ab in die Hölle mit ihm. An dieser Stelle seines Tagtraums konnte Martin deutlich das schneidende Geräusch einer durch die Luft sausenden Reitpeitsche vernehmen. Nein, er wollte doch lieber der Jagd fernbleiben.

In Gegenwart des Vaters war er so folgsam wie möglich. Wenn er sich jedoch seinen Mazeppaphantasien hingab, dann fühlte er sich so sehr mit dem Schemel verwachsen, auf dem er saß, daß er nicht aufstand, wenn man ihn rief. Es schien ihm zwingend, daß der Schemel ihm, wenn er folgte, am Gesäß haften würde, und wie würde der Vater ihn dann erst verhöhnen!

War der Forstmeister aus seinem Blickfeld verschwunden – eine Etage tiefer in der Kanzlei oder draußen im Forst –, dann schien Martin ein Kind wie alle Kinder. Er tollte mit seinen Geschwistern herum, trieb allerlei Schabernack und plärrte, wenn ihm etwas mißlang. Nie warf er sich brüllend vor Zorn auf die Erde wie Wolfram, der Jüngste, den man wegen seiner blonden Locken »Lamm« nannte – er hatte als einziger das helle Haar der Mutter geerbt. Martins Zorn hatte ein ähnliches Schicksal wie seine Angst:

er hielt beides im verborgenen. Wilde Flüche waren das einzige, was er sich herausnahm.

Dabei war er häufig durchdrungen von einem ätzenden Gefühl, das ihn innerlich ganz aushöhlte. Es gab Tage, an denen ihm die Welt wie verhext vorkam, als habe sich alles gegen ihn verschworen. Nicht nur Irm, wie man Irmgard der Einfachheit halber rief, Irm, die auf seine Empfehlung vom Straßensirup gekostet hatte, und ihn dann mit teerverschmiertem Gesicht, über das die dicken Tränen kullerten, verpetzte – alles, was er anfaßte, ging schief. Jedes einzelne Ding schien von einem tückischen Dämon bewohnt, der es auf ihn abgesehen hatte. Am Morgen hatte er mit Lamm Mazeppa gespielt. Leben und Tod des legendären Kosakenführers aus der Ukraine hatte ihnen der Vater drastisch geschildert. Lamm sollte Mazeppa sein, und der lahme Köter der Nachbarn sein Pferd (die Anschaffung eines Hundes wäre dem Forstmeister wie eine Degradierung zum Förster erschienen: »Vier Hunde reichen«, pflegte er mit einem Blick auf die Kinder zu sagen). Als Martin versuchte, seinen Bruder auf den Rücken des Hundes zu binden, erinnerte sich das Tier plötzlich seiner wölfischen Vorfahren und hätte ihm beinahe den Daumen abgebissen. Am Abend, als er dem Vater beim Holzsägen zur Hand gehen mußte, sprang ihm das Sägeblatt ins Gesicht. Der einzige Trost, den er fand, war die Mischung aus Mitleid und Bewunderung, die ihm seine kleine Schwester »Kater« bezeugte, die eigentlich Katharina hieß.

Als er an diesem vermaledeiten Tag endlich im »Bubenzimmer« unter dem Dach in seinem Bett lag, mit verbundenem Daumen, einem großen Pflaster auf der Wange und brennendem Hinterteil von der Züchtigung für Sirup und Fladen, fiel ihm wieder ein, wie er einst dem neugeborenen Lamm den Kartoffelstecher in den Säuglingspopo gerammt hatte. Seine Mutter hatte sich gar nicht erklären können, woher diese drei kleinen Punkte kamen. Mit einem aus Schuld und Wollust gemischten Gefühl schlief er über dem Bild der drallen, punktierten Backe ein.

## 5

Schwer hatte es Martin auch in der Schule. Den Mitschülern kam seine Sanftmut monströs vor, gespenstisch die Duldermiene, mit der er die »Tatzen« entgegennahm, die ihm der Lehrer Tag für Tag wegen Zuspätkommens verpaßte. Seine Mutter drückte ihm jeden Morgen den Blechnapf für die Schulspeise in die Hand, erinnerte ihn an seinen Ranzen und schob ihn um halb acht aus der Tür. Der Weg vom Forstamt zur Schule wäre auch für den saumseligsten Trödler in einer halben Stunde zurückzulegen gewesen. Dennoch kam Martin selten vor neun und oft erst gegen zehn zum Unterricht, hielt dem gestrengen Herrn Müller ergeben seine Handinnenflächen hin, und kein Laut kam über seine fest zusammengekniffenen Lippen, wenn der Rohrstock seine zarten Kinderhände traf. Den Rest der Stunde verbrachte er träumend und nur vermeintlich auf der mit einem Pult verbundenen Bank: in Gedanken ging er noch einmal den einen oder anderen Weg in die Schule. Es gab nämlich deren zwei. Der eine führte die Straße entlang, vorbei an alten Fachwerkhäusern, die schief und verwittert am Hang klebten, auf dem oben die Eisenbahn vorbeidonnerte. Einige dieser schmalen Häuser, die nur eine Armlänge voneinander getrennt waren, so daß sich die Nachbarn, wären die Zeiten nicht so knapp gewesen, Salz, Mehl oder Zucker von Fenster zu Fenster hätten reichen können, hatten sich mit der Zeit einander so zugeneigt, daß sie sich, wie Kartenhäuser, auf Höhe des zweiten Stocks fast berührten. Der zweite Weg führte parallel zur Eisenbahnlinie den Hang entlang. Diesen Pfad bevorzugte er, denn von hier aus war es ein leichtes, irgendwo einzudringen. Hinter jedem Haus waren Treppen im Hang, über die man, vorbei an winzigen Schrebergärten und Wäschetrockenplätzen, in den Hinterhof gelangen konnte. Außerdem gab es auf Dachhöhe mancher Häuser einen Holzsteg mit Geländer, der vom Hang unmittelbar auf den Dachboden führte. Mal stand eine Tür auf, und er konnte unbemerkt ins Haus schlüpfen, mal huschte er über den Steg durch die selten verschlossene Giebeltür in den Speicher. Mit klopfendem Herzen lauschte er im Dämmerlicht auf die Geräusche der Bewohner, stöberte in staubigen Kisten, morschen Körben, zerfledderten Büchern, steckte wohl auch das eine oder andere Kinkerlitzchen in seine Hosentasche und behielt immer einen Schlupfwinkel im Auge, in dem er verschwand, sobald sich Schritte näherten. Er empfand es als Ehrensache, das Haus nicht auf demselben Weg zu verlassen, auf dem er es erobert hatte, aber manchmal zwangen ihn die Umstände zu solch unliebsamer

Wiederholung. Er wußte wohl, was ihm drohte, wenn man ihn je erwischen würde. So entwickelte er im Laufe der Zeit seine Hellhörigkeit und sein Geschick unterzutauchen, und bald fühlte er sich in fremden Gemäuern so sicher, als trüge er eine Tarnkappe. Einzig seinen Blechnapf vergaß er hin und wieder. Seine Lust beim Wiederauffinden entschädigte ihn reichlich für die ausgefallene Mahlzeit.

Er hätte seine Abenteuer gern einem Freund anvertraut, aber es fand sich keiner. Erst auf dem Gymnasium gelang es ihm, sich bei einem älteren Schüler unentbehrlich zu machen. Er trug Egon Podgora den Ranzen, versorgte den Sohn armer Flüchtlinge mit Papier und Stiften aus der väterlichen Kanzlei, mit Zigaretten aus des Vaters Westentasche und stand Schmiere, wenn Egon mit Kathrin schmuste, einer hübschen Blondine seiner Klasse, die mit dem Refrain »nichts ist gemeiner als reiner Kathreiner« gehänselt wurde. Zum Dank für seine Dienstleistungen wurde Martin vor Übergriffen seiner Mitschüler beschützt, die in ihm etwas witterten, das, weil es von ihnen abwich, niedergemacht werden mußte. Ein einziger etwas älterer, nicht besonders kräftiger, aber unerschrockener Leibwächter reichte, die feige Meute, die sonst grölend über ihn hergefallen war, auf Distanz zu halten. Diese Erfahrung prägte den Schützling.

In seiner Bewunderung für Egon malte er sich immer wieder aus, wie er, der arme Ranzenträger und Eckensteher, seine Achtung erringen würde, wenn er ihm von seinen Streifzügen erzählte, und eines Tages wäre es fast soweit gekommen. Er trottete nach der

Schule mit seinen zwei Ranzen hinter Egon her, der immer um einige Schritte voraus war. Seine linke Hand hielt in der Hosentasche seinen kostbarsten Schatz umklammert, ein kleines elfenbeinernes Händchen auf einem abgebrochenen Stiel, das ein Glasröhrchen umschlossen hielt, nicht größer als der Kopf einer Stecknadel. In dem Glas schwebte ein winziges Insekt, kleiner als der Stachel einer Mücke. Wenn man das gläserne Guckloch in Augennähe gegen das Licht hielt und das andere Auge schloß, entpuppte sich der Mückenstachel als »Bucht von Neapel« mit dem rauchenden Vesuv im Hintergrund und winzigen Menschlein an der Uferpromenade. Das war seine schönste Speicherbeute, die er in einer Schachtel mit allerlei Krimskrams gefunden hatte. Die Dinge, die er in fremden Häusern mitgehen ließ, waren notwendigerweise klein. Je kleiner sie waren, desto mehr kamen sie ihm entgegen. Waren sie nicht wie dafür gemacht, in seine Hand zu schlüpfen und in seiner Hosentasche zu verschwinden, diese klitzekleinen Porzellantierchen, Bleifiguren und Zinnsoldaten? Solange er zurückdenken konnte, galt seine Liebe den Winzigkeiten, und schon als kleiner Junge, als er noch nicht in die Schule ging, hatte er diesen Hang zu heimlicher Schatzbildung. Damals sammelte er Mohnsamen, die er unbemerkt unter der Tischkante von den Mohnzöpfen kratzte, die es im Hause Marlock nur an Feiertagen gab. Ohne Gebäck schmeckten die harten Samen herb und muffig, fast als wären sie giftig, und wer weiß, welche Zauberkräfte unter dem matten Blau der winzigen Körnchen schlummerten? Er sammelte nur makellose Kügelchen, an denen keine Teigreste klebten, und so dauerte es über ein Jahr, bis er eine Streichholzschachtel voll hatte. Niemand durfte von seinem Schatz erfahren. Des Nachts schob er die Schachtel zwischen die Roßhaarpolster seines Bettes, und tagsüber trug er sie in der Hosentasche mit sich herum. Er wußte selbst nicht warum, aber die Kostbarkeit der Samen war an das Geheimnis gebunden.

Dann geschah das Entsetzliche. Irmgard erkrankte an Tuberkulose und wurde in eine Klinik nach Obersdorf gebracht. Kaum war sie fort, erschienen Beamte vom Gesundheitsamt, ein Mann und eine Frau, und ordneten an, daß man alle Fenster verschließe. Der Beamte setzte sich eine Maske auf und hüllte das ganze Haus, Zimmer für Zimmer, in einen Nebel aus Formaldehyd, das er aus einer großen Spritze versprühte, die sich wie ein gigantisches Klistier ausnahm. Dann mußten sich alle entkleiden und – je nach Geschlecht – unter männlicher oder weiblicher Kontrolle ein Desinfektionsbad nehmen. Martin kam als letzter dran. Bevor er sich auszog, nahm er seine Schachtel aus der Hosentasche, fest entschlossen, sie um keinen Preis herzugeben. Vorsichtshalber ballte er auch die freie Hand zur Faust, als er sich in die Wanne setzte und hielt beide Hände ängstlich über Wasser.

»Na, die Händchen wollen aber auch desinfiziert werden«, sprach der Beamte und packte ihn unzart am Handgelenk, »nur ins Wasser damit, wir sind ja nicht aus Zucker und schön aufgemacht die Faust … so ist's recht und die andere auch … na komm schon! Ganz schön stark, der kleine Mann! Nanu, was haben wir denn da?«

Durch den Tränenschleier sah Martin verschwommen, wie der Grobian sein Geheimnis lüftete: die Schachtel, randvoll mit Samen und vom vielen Auf- und Zumachen schon ein wenig ermüdet, sperrte zuerst und gab dann so unversehens dem Druck der klobigen Finger nach, daß ein Großteil des Inhalts auf den Boden und in die Badewanne flog, wo die kleinen Körnchen teils auf den Grund sanken, teils auf der Wasseroberfläche schwimmende Grüppchen bildeten. Derweil schob das Scheusal die Schachtel wieder zu und ließ sie mit der Bemerkung »so ein Quatsch« in seiner großen Instrumententasche verschwinden.

Sieben Jahre waren seither vergangen, und noch immer schmerzte ihn der Verlust der Schachtel. Selbst das elfenbeinerne Händchen war nur ein schöner Trost und kein Ersatz für das verlorene Mohngeheimnis. Seither, so schien ihm, lebte er in einer verwunschenen Welt, die erst in der Dämmerung ihre Schrecken verlor, wenn sich die scharfen Konturen der Dinge auflösten, die zorngeschwellten Grimassen der Wolkenhäupter am Himmel, die drohenden Gesichter, die ihn aus der Silhouette der Landschaft, aus den Flecken alter Gemäuer, den Rinden der Bäume, aus jedem Stein und jedem Holz und jedem Strauch bedrängten. »Das Kind scheut das Licht!«, bemerkte der Vater hämisch. Als kurz nach der Mohngeschichte Großmutter Marlock starb, sah Martin seinen Vater zum erstenmal weinen. Das machte ihm Angst, und zugleich empfand er für den Schluchzenden ein Übermaß an Zärtlichkeit. Aber kaum war die Tote unter der Erde, schlug der Vater so besinnungslos auf ihn ein, daß selbst die Mutter glaubte, er würde ihn umbringen und sie, die immer unsichtbar blieb, wenn es Prügel gab, warf sich zwischen den Rasenden und ihren Sohn, der wimmernd und zusammengekrümmt im Bett lag. Ohne sich etwas dabei zu denken, hatte Martin auf der Beerdigung, nachdem das Vaterunser zu Ende gesprochen war, »Mahlzeit« gerufen. Es war bei Tisch so üblich, warum sollte es am Grabe anders sein? Tatsächlich ging man anschließend zum Leichenschmaus. Auf dem Weg zum Gasthof legte ihm der Vater seine große Hand um den Nacken. Vor den Trauergästen durfte er seinen Zorn nicht zeigen, und so drosselte er ihm schon mal den Hals zu, bis er zu röcheln anfing.

In dieser Nacht konnte Martin lange nicht einschlafen. Es war Vollmond, und das helle Licht schien bleich und kalt durch das kleine Fenster in seine Dachstube. Er dachte gerade darüber nach, ob seine Großmutter wohl schon im Himmel angekommen war und was für ein unvorstellbares Gedränge es geben müsse, wenn die Verstorbenen aller Zeiten nach dem Jüngsten Gericht ewig weiterlebten, als ein schreckliches rasselndes Kreischen die nächtliche Stille durchbrach. Da sah er vor dem geschlossenen Fenster einen schwarzen Schemen, etwa halb so hoch wie die Scheibe, und wie eine Vase mit einem Deckel geformt. Und wie er die Erscheinung so angespannt, fixierte, daß er das eigene Blut im Ohr rauschen hörte, drehte die Eule mit der Geschwindigkeit eines Zaubertricks ihr herzförmiges weißes Gesicht vollständig auf den Rücken. Zwei abgründig schwarze Augen starrten Martin aus einer flachen mundlosen

Maske an, und mit der Plötzlichkeit, als habe eine unsichtbare Hand eine Spielkarte umgedreht, wandte sie ihm wieder die dunkle Rückseite zu und flog lautlos auf ihren breiten Schwingen in die Nacht hinaus.

Lange Zeit lebte er in dem Glauben, daß ihm in jener Nacht die Seele seiner Großmutter auf dem Fensterbrett erschienen war. Dann war er so unvorsichtig, Irmgard davon zu erzählen. Ihr Kommentar »du bist wohl bescheuert, das war eine Eule!« brachte seinen Glauben ins Wanken, obwohl ihm ihr Argument nicht einleuchtete, es sei unmöglich, daß eine christliche Seele die Gestalt eines Raubvogels annehme. Erst die Erläuterungen des Vaters über das Leben der Eulen, Käuze, Uhus überzeugten ihn endgültig von seiner heimlichen Seelenverwandtschaft mit diesen Tieren.

Wie sollte er das alles Egon begreiflich machen? Er beeilte sich, mit ihm Schritt zu halten und spielte erneut in Gedanken durch, wie er ihm seine Streifzüge in den leuchtendsten Farben schildern könnte, als Einblicke in geheimnisvolle Welten, in denen große Kostbarkeiten in winzigen Behältnissen verborgen waren und die unscheinbarsten Dinge die unglaublichsten Wunder bewirkten. Mehrmals setzte er dazu an, von der imaginierten Rede zur gesprochenen überzugehen, aber die Worte wollten ihm nicht über die Lippen. Es war ihm, als hinge alles Glück, ja sein Leben davon ab, daß es ihm gelänge, Egon zum Komplizen zu machen, und dennoch blieb, was ihn am Sprechen hinderte, unüberwindlich. Wie sollte er erklären, was er selbst nicht begriff: die irre Lust, zu nehmen, was nicht gegeben war? Am Ende würde er nur Hohngelächter ernten. Nein, dieser Flegel, der einmal mit einem gönnerhaften Blinzeln seiner Mäuseaugen zu ihm gesagt hatte: »Na ja, du hast eben das Pulver nicht erfunden!«, würde seine Verwandlung in einen wendigen Räuber, der, ganz Auge und Ohr, im Dämmerlicht seine Beute umkreiste, gewiß nicht verstehen, so wenig wie den Zauber, der mit dem Wort *Dieb* verbunden war.

Am Hause der Podgoras angekommen, übergab er den Ranzen. »Halt mal die Hand auf!«, hörte er sich sagen, und schon lag das elfenbeinerne Kleinod in Egons breiter Pratze. »Wenn du es gegen das Licht ans Auge hältst...«, setzte er an zu erklären, aber der Blick seines Gönners schnitt ihm den Satz ab. Dieses lächerliche Ding auch noch ans Auge zu halten, war wirklich zuviel verlangt.

Er schlenderte auf seinen Schleichwegen nach Hause und war so niedergeschlagen, daß ihn selbst die offene Tür des sonst immer verrammelten Speichers der Familie Dürr nicht verlocken konnte. Mit einem trockenen Knirschen zerbarst das leere Gehäuse einer Weinbergschnecke, auf das er mit Fleiß getreten war. Da fiel ihm ein, daß er in diesem Jahr, dem dritten auf dem Gymnasium, das Klassenziel nicht erreichen würde. Im Nu war sein Kummer verflogen und eine Art düstere Freude erfüllte ihn. Etwas in ihm triumphierte bei der Aussicht, ein Sitzenbleiber zu sein. War er das nicht schon von jeher gewesen? Die Gewißheit seines Erzeugers, daß er es zu nichts bringen werde, lähmte ihn in allen Fächern, außer in Religion und Zeichnen. Aber diese einsamen Einser in seinem Zeugnis erbosten den Vater noch mehr als alle schlechten Noten.

»Mein Vater war Pfarrer, mein Großvater war Pfarrer und mein Urgroßvater war Pfarrer, und ich habe mein Lebtag keine Eins in Religion gehabt, dabei kenne ich die Biblische Geschichte wie meine Westentasche!«

An dieser Stelle seiner Tirade huschte ein Lächeln über das Gesicht des kleinen Diebes, was der Empörte als Zweifel an seiner Bibelfestigkeit mißverstand.

»Und Zeichnen!«, schrie er sich weiter in Rage, »ausgerechnet Zeichnen! Als ob du wüßtest, was das überhaupt ist!«

Er öffnete eine Schublade seines Schreibtisches, dessen Inhalt Martin auswendig kannte, zog ein querformatiges Heft heraus und fuchtelte ihm damit unter der Nase herum.

»Hier, das nenne ich Zeichnen, und niemand benotet mir das...«

Es enthielt eine Serie unbeholfen aquarellierter »Ansichten von Leurach«, sowie plump-penible Kopien von Pferdebildern aus Kunstkalendern, denn Hans Marlock war nicht nur Sonntagsmaler, er rühmte sich auch, ein »exzellenter Reiter« zu sein. Malen wie Reiten waren in seinen Augen überaus ernste Dinge. So hatte er bereits zu Martins erstem Geburtstag in einem Brief aus dem Felde den Sohn ermahnt, ein tapferer Mann zu werden und das Reiten nicht zu vergessen. Alles Spielerische war ihm ein Greuel, eine sündhafte Weise, dem lieben Gott den Tag zu stehlen. Er war sich der Unzulänglichkeit seiner Zeichnungen durchaus bewußt, und darum waren ihm kindliche Bilder so unerträglich: sie kamen ihm vor wie unverfrorene Parodien auf seine eigenen Malversuche.

Er liebte die Malerei der alten Niederländer und Flamen, und weil diese Liebe mächtiger war als sein wütender Geltungshunger, gelang es ihm, sie an seine Kinder weiterzugeben. Einmal im Jahr machte er mit Adelheid eine kurze Reise nach Brügge, Gent oder Antwerpen, um seine Lieblingsbilder von Memling, van Eyck und David wiederzusehen. Die Kinder wurden solange bei Verwandten untergebracht. Vor der Abreise wurden sie gefragt:

»Was sollen wir euch mitbringen, Schokolade oder Kunstpostkarten?«

»Kunstpostkarten!«, antworteten die Kinder im Chor.

## 6

Zwar grämte Martin die Sinnlosigkeit seines Geschenks, aber der Verlust des elfenbeinernen Kleinods, das aus Egons schnöder Hand vielleicht geradewegs in den Müll gewandert war, konnte er durchaus verschmerzen. Jeder Ersatz ließ sich ersetzen, und das war das Schöne an einem Dieb: man mußte ihn nicht zum Stehlen tragen. Je näher er dem Forsthaus kam, desto stärker zog es ihn zum Dürrschen Speicher zurück. Die Tür stand einen Spalt offen. Die Gelegenheit konnte er sich nicht entgehen lassen. Die Leute galten als wohlhabend. Herr Dürr war leitender Angestellter in einer Metallwarenfabrik. Wer weiß, welche Schätze auf ihn warteten? Es war ihm klar, daß er viel zu spät nach Hause kommen würde, und oft genug hatte er von der Strafe, die darauf stand, gekostet, aber das Diebische in ihm war mächtiger als die Angst vor dem väterlichen Zorn.

Es war ein windstiller Spätsommertag. Auf dem Dürrschen Dachboden staute sich die heiße Luft. Nur durch eine kleine Luke und zwischen einzelnen Dachziegeln drang etwas Licht ins dunkle Gebälk. Er brauchte einige Sekunden, als er aus der Helligkeit ins Halbdunkel trat, bis sich seine Augen auf das Dämmerlicht eingestellt hatten. Er liebte diese Augenblicke im Zwischenreich, in denen er seine alltägliche Existenz abstreifte, um in seinem Element aufzugehen, und diesmal war ihm, als nähere er sich etwas Wunderbarem. Was er vorfand, war jedoch nicht der gestapelte Überfluß eines reichen Hauses, den er sich vorgestellt hatte. Ein häßlicher Schrank mit einem Fabrikrokokokranz und einer fast blinden Spiegeltür, ein verbeultes Kanapee und ein Ungetüm von einem Überseekoffer kauerten zusammen in einem Winkel auf dem mit Fledermauskot übersäten Boden.

Es war ein Kinderspiel, die verschlossene Spiegeltür mit Hilfe des Taschenmessers durch einen geübten Dreh zu öffnen. Aber umsonst – der Schrank war leer. Blieb noch der Koffer. Noch nie hatte er so ein riesiges Gepäckstück gesehen. Das mit braungestrichener Leinwand bezogene Ungetüm war so groß, daß er bequem darin Platz gehabt hätte. T. Al. stand in schwarzen Schablonenlettern zwischen den starren Rippen des Deckels. Auf den Schmalseiten klebten Etiketten verschiedener Schiffahrtsgesellschaften, und da hing auch, mit einem Schnürchen am Tragegriff befestigt, das Schlüsselpaar für die beiden Schnappschlösser. Langsam hob er den schweren Deckel. Der Geruch von Mottenkugeln schlug ihm entgegen. Er hatte sich Schätze erhofft, schöne alte Münzen, Miniaturen in goldenen Rahmen oder mit Perlmutt eingelegte Pistolen, wie er sie bei jenem Antiquitätenhändler gesehen hatte, an dessen Schaufensterscheibe er sich die Nase plattdrückte, wann immer der Vater ihn nach Stuttgart mitnahm. Enttäuscht zog er die Mieder, Unterkleider und Röcke aus dem Koffereinsatz, in dem sie zwischen Seidenpapieren sorgfältig zusammengefaltet waren. Im unteren Teil fand er Hüte, Schals, Handschuhe, Strümpfe, Federboas, perlenbestickte Seidenschuhe mit geschwungenen Absätzen und einen Schildpattfächer, den er sogleich in seinem Ranzen verschwinden ließ. Vielleicht könnte er damit »reiner Kathreiners« Gunst gewinne. Ein schmales langes Paar eierschalfarbener Handschuhe paßte ihm wie angegossen. Das zarte Leder schmiegte sich weich wie eine zweite Haut um Hand und Unterarm, nachdem es ihm gelungen war, die zahllosen Knöpfchen zu schließen. Am Ansatz der Knopfleiste gab ein ovaler Schlitz den Blick auf die Handwurzel frei, über der die Haut in ihrem engen Etui zu einem Spalt zusammengepreßt war. Eine kleine Möse, schoß es ihm in den Kopf. Als er aufblickte, sah er sein Gesicht im matten Schrankspiegel glühen. Im Nu hatte er sich seiner Kleider entledigt, nur den einen Handschuh behielt er an. Da lagen sie vor ihm ausgebreitet, all diese Utensilien der Weiblichkeit einer anderen Epoche, und wie im Traum traf er seine Wahl. Es kam ihm ganz selbstverständlich vor, daß ihm, dem dreizehnjährigen Jungen, das Schnürmieder, der Spitzenunterrock und das mit Veilchen bestickte Satinkleid wie auf den Leib geschneidert waren, ja sogar seine schmalen Knabenfüße fügten sich in die perlenbestickten Seidenschuhe. Das unscharfe Bild, das ihm der Spiegel zurückwarf, entzückte ihn, und er konnte gar nicht anders, er mußte diese Märchenprinzessin küssen. Das kalte Glas störte ein wenig die Illusion, und er ging wieder auf Distanz. Schließlich nahm er auf dem gebrochenen Polster des Kanapees Platz, ohne seinen Blick vom Spiegel zu wenden. Da kam ihm »die kleine Möse« wieder in den Sinn. Seine steife Rute jedoch fügte sich nicht: sie war zu groß für den Schlitz im Handschuh. Den Blick immerfort auf das verwirrende Bild in der Schranktür geheftet, umfaßte er sie mit der Handschuhhand. Vor sich sah er ein laszives Mädchen mit halbgeöffnetem Mieder, um deren gespreizte nackte Schenkel sich üppige Spitzenrüschen bauschten, und aus ihrer behandschuhten Hand sprang schneller und schneller *sein* pralles Geschlecht.

Ein lautes Fauchen holte ihn auf den Dachboden zurück, und da sah er die vertraute Urnensilhouette einer Eule im hintersten Winkel des Speichers. Seine Schwester hatte also unrecht. Wer sollte ihn bei seinem teuflischen Treiben heimsuchen, wenn nicht seine Großmutter? Er glaubte vor Scham zu sterben und riß sich, verzweifelt über die umständlichen Haken, Ösen, Laschen, Schnüre und Knöpfe, die fremden Gewänder vom Leib. Wie leicht war es dagegen, in ein Hemd und eine Hose zu schlüpfen! Zuletzt klebte noch immer der Handschuh an seiner Linken, als sei er mit ihm zusammengewachsen. Das Taschenmesser half ihm, sich von der zweiten Haut zu lösen. Hastig und mit pochenden Schläfen raffte er alles zusammen, stopfte es in den Koffer und ließ den Deckel krachend zufallen. Wenn es für ihn noch irgendeinen Zweifel an der übernatürlichen Herkunft der Eule gab – jetzt mußte er ihn begraben. Das vermeintliche Tier reagierte auf kein Geräusch. Er wußte von seinem Vater, daß das Sehvermögen, das scharfe Gesicht der Eulen mit einem unglaublichen Gehör verbunden ist. Die Schleiereule war das hellhörigste Wesen der Erde, und also konnte dies keine Schleiereule sein. Er ging vorsichtig auf sie zu, und noch immer rührte sie sich nicht. Langsam, Schritt für Schritt, rückte er ihr auf den Leib. Sie hatte alles gesehen, und wer konnte sagen, ob sie dichthielt? Er mußte sie umbringen, so schrecklich ihm das war. Konnte man eine Seele überhaupt töten, fragte er sich, das gezückte Taschenmesser in der Hand. Vielleicht würde sie nur ihre Eulengestalt aufgeben, um ihr Wissen in anderer Form weiterzutragen? Indessen hatte er sich ihr auf Reichweite genähert und sah, daß sie die Augen geschlossen hielt. Auf ihrem Kopf und zu den Beinen hin an der hellen getüpfelten Brust trug sie noch Reste ihres weißen Flaumkleids, an denen ein unvoreingenommener Betrachter erkannt hätte, daß sie noch nicht ganz ausgewachsen war.

»Guten Tag, Großmutter!«, versuchte er sie anzusprechen, aber sie blieb stumm und reglos, umgeben von ihrem Gewölle, auf ein und demselben Fleck und würdigte ihn keines Blickes. Andererseits schien sie nichts dagegen zu haben, daß man ihr über das seidige rötliche Gefieder strich. Es waren ihre hartnäckig geschlossenen Augen, die ihn auf den Gedanken brachten, sie zu blenden. Wollte sie so tun, als habe sie nichts gesehen? Wenn sie blind wäre, wer sollte ihr dann noch Glauben schenken? Als er sie wie ein Huhn mit beiden Händen packte, versetzte sie ihm mit ihrem scharfen Schnabel einen Hieb, daß er heftig blutete. Dennoch hielt er sie mit einem Arm gewaltsam fest, während er mit der verletzten Hand vergeblich in ihrem Gefieder nach den Augen suchte. Um besser zu sehen, ging er mit ihr zur Dachluke und schließlich fand er, was er nicht fassen konnte: zwei makellos glatte leere Augenhöhlen.

# Inhalt